en blanco

en blanco

# BANCO DE OTOÑO

Título Original: **Banco de Otoño**
Autor: **César Namnúm**

© edición 2003: César Namnúm

Editorial Compás
Tel.: (809) 333-5199
maniel@tricom.net

Edición al cuidado de: **José Namnúm**

Dibujos: **Carlos Goico**
Foto portada: **César Namnúm**

Diagramación: **Víctor Nolasco**
Corrección: **Eduardo Díaz Guerra**

Impreso en República Dominicana
Abril del 2003



4

# BANCO DE OTOÑO

(CUENTOS)

# indice

en blanco

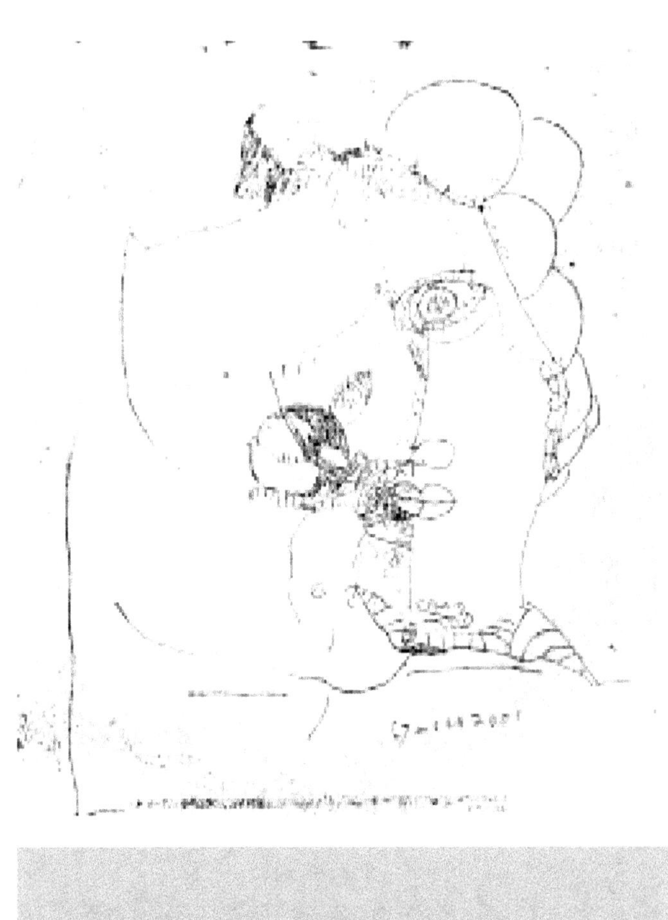

# MUSIQUITO

en blanco

# Musiquito

Dormí en un hotelito pequeño y un poco incómodo. Más de una vez me sobresalté durante lo que quedaba de la noche. Parece que la gente siguió la fiesta. Yo estaba muy cansado, la boda terminó tarde.

El truco en estos hotelitos de pueblo es tomar el cuarto más alejado, así se evita el ruido mañanero, pero no contaba con los gallos de la traba del patio, que me despertaron demasiado temprano para mis hábitos. La doña me ofreció un café que tomé bien al paso, hasta que logré espabilarme.

No  tenía hambre aún, así que decidí irme a caminar por el pueblo. Luego retornaría por mis cosas y el Safari destartalado. Los muchachos habían partido tan pronto concluyó el baile; en cambio, a mí me gusta viajar por mi cuenta, así puedo quedarme, si me viene en ganas. Como esa vez. Hay algo en estos pueblos que me atrae irremediablemente. Y viene de lejos, yo crecí en uno similar. Esas casonas de madera y techos de zinc, que veía al pasar, con puertas siempre abiertas y amplias, y esas galerías como balcones de suelo; casas de hermosos y medalaganarios colores, tan distintas a la aburrida uniformidad de las grandes ciudades; todo me resulta muy grato, y al mismo tiempo, familiar... y entonces, la gente: ¡eso no tiene madre! Uno se sienta en el parque, con el pretexto de limpiar los zapatos y al rato tiene suficiente material para un libro sobre el género humano y sus disímiles muestras. Tengo la buena o mala costumbre de mirar como desde fuera, ver la gente y sus circunstancias desde un plano externo. Por eso me encantan estos lugares nuevos y el anonimato que me brindan.  No es que no me importe, es que a menudo es bueno observar alejado del objeto, todavía

mucho mejor si es uno mismo quien se mira. Como yo ahora.

Ya con las tripas sonando, fui a parar al comedor
frente al parque, buscando qué desayunar. De
entrada, me llamó la atención lo lleno que estaba,
para ser domingo en la mañana.  Busqué la mesa
del fondo y me dí el cuadro: sin dudas había
tragedia.


Ordené queso blanco frito con tostones y un
jugo de melón sin leche. Luego pediría café,
pero no tuve tiempo. Los acontecimientos se
precipitaron y esta vez no pude ni quise ser  mero
contemplador.

Alrededor de un hombre solo se arremolinaban
muchos otros, con signos claros de haber
amanecido. Me dio algún trabajo distinguirlo:
era El Novio. Estaba muy desmejorado, aunque
llevaba aún el traje negro y la corbata de lacitos
con que se casó la noche recién pasada.


Un músico amigo me puso al día: le había salido
"defectuosa" y la había "devuelto", me dijo y se
echó a reír.  Se reía, ese pendejo.


También entre risas asordinadas, para no llamar

demasiado la atención, me contó el resto del drama. Lo gozaba, evidentemente, como todos esos pendejos que estaban ahí, hipócritamente compungidos, lágrimacocodrilamente acongojados. Maricones todos, coño. El hijodesumalditamadre, en venganza, la había paseado casi desnuda por todo el pueblo, con un hechizo en la pierna derecha, o sea, marcada al hierro, como vaca. ¡Usted se imagina! ¡M a r c a d a a l h i e r r o c o m o v a c a! La contraseña con que la familia marcaba a los animales de su propiedad.

Buscando qué hacer, cómo esconder la cara, traté de recordarla, pero no hizo falta. Creo que fui el primero que la vio. Llevaba un conjuntito que le quedaba bastante bien y no pude evitar situarme en su lugar, e imaginármela buscando qué ponerse en la misma maleta que se había esmerado en preparar para la luna de miel, y aunque hundida en la más profunda humillación, preocupada por lucir decente. Me la imaginé sin dormir, secas las lágrimas: se notaba que la decisión de venir le había costado mucho. "Ese que esta ahí no es un hombre", dijo, mordiendo la rabia, como si dejarla salir fuera un acto de debilidad imperdonable. El otro la miró desde su idiotez, trató de levantarse y trastabilló. Varios lo detuvieron antes de caer. Tenía un aspecto lamentable y no acababa de entender lo que pasaba. Estaba asquerosamente borracho.

"Me marcó aquí", e hizo intentos de levantarse la falda, como para mostrar, "porque no pudo hacerlo en otra parte". Nos miró a todos con lentitud calculada, "no tiene con qué". Un murmullo generalizado dejó oírse. El tipo no sabía qué hacer, dónde ponerse. Se sonrió nerviosamente, alguien le susurró no sé qué cosa que lo hizo despertarse de golpe. Le salió el macho. Hacía rato que ya yo estaba de pie, acercándome a la puerta; era fácil intuir lo que iba a pasar. Cuando intentó agredirla, me interpuse, conciliador.  Él me miró, extrañado y casi agradecido.  No recuerdo de dónde salió el lengu'e mime, pero pude evitar la estocada, se fue de largo, perdiendo el equilibrio. Yo, de idiota, traté de detener su caída y le di la mejor oportunidad para cortarme en un brazo.  Sé que toda la gente estaba ahí, rodeándonos, y que había un jolgorio terrible, pero estuve más atento a la ira que me provocó mi propia estupidez. Al recobrar la postura, quiso abalanzárseme de nuevo, azuzado por los otros, pero logré esquivarlo con facilidad. En su estado, era un rival sin tino. Lo dejé tendido con un par de golpes certeros.

Entonces, oí el cristal de su carcajada. Quedé perplejo, como casi todo el que estaba ahí. La miré de frente, se veía bella, realmente hermosa. En la fiesta, la noche anterior, habíamos cruzado miradas un par de veces y no estaba nada mal, dentro de toda su firifolla, pero en este momento era distinto: no era "La Novia", eterno objeto de la codicia masculina, sino esta mujer bien plantada ahí, en sus dos pies, sobre el piso de granito.

"Ven, musiquito, que te van a matar", me dijo, riendo aún, aprovechando la confusión general. Todo el pueblo corría de sus casas hacia el bar, para ver lo que pasaba, las noticias vuelan en estas comarcas donde escasea la diversión. El sol imponía su ley de luz y bochorno en la sabana. Llevándome siempre de las manos, como si de verdad creyera protegerme, me condujo a su casa, entre calles escondidas. Vivía en las afueras, su patio daba a la loma. Allí me reconoció la herida, que no era gran cosa, me la limpió y la curó con extremo cuidado y calculada distancia.  Yo la dejaba hacer, enternecido por la sutileza de sus manos y el casual roce de su cabello por mi cara. Era blanca, casi rubia, su cuello olía a mi olor predilecto, que nunca he logrado identificar pero sí reconocer. "Debes irte" recuerdo haberle aconsejado, realmente preocupado, "te van a venir a buscar". "Ah, no creo que sean tan turulatos". Pero sí que lo eran. En ese instante, se escuchó un barullo no muy lejano. Fue a la ventana, dándose cuenta de que venían por ella, o por los dos, ya nuestros destinos estaban irremediablemente entrelazados. Recogió a toda prisa algunas cosas y me dijo "ven", agarrándome de las manos nuevamente. En el patio pastaba un viejo rusillo con cerón que montamos a la carrera. Tuve que ayudarla a subir, porque no podía, a causa del dolor. Entonces, hice conciencia de su quemada, creo que notó mi tribulación, "no te preocupes, ya sanará", dijo, haciéndose la valiente. Y salimos a todo galope, montaña arriba. Anduvimos poco menos de una hora casi en silencio. Yo iba en la grupa y notaba que le era cada vez más difícil disimular el sufrimiento. La posición y el galope desigual no ayudaban mucho.

Bien oculta, detrás de una arboleda, cerca de un arroyo, apareció una casita. Al ruido de las pisadas salió un viejo a la puerta; ella detuvo el caballo antes de llegar, se tiró sin dejarme ayudarla siquiera. Cojeaba cuando se acercó al viejo, quien no disimulaba su alegría. Le hablaba y el asentía con la cabeza. Al cabo, tomó el sendero del río, no sin antes dirigirme un saludo con el sombrero de paja. Me arrimé con el caballo, disponiéndome a bajar el bulto. En la casita había una sola cama, sacó sábanas limpias y las tendió, prácticamente se desplomó sobre el lecho. Dudé solo un instante antes de levantarle la falda y ver la quemadura. Con horror constaté que la carne se había adherido a la ropa interior. Me puse a hablarle de cualquier cosa para entretenerle el dolor y controlar el temblor de mis manos al arrancarle la pieza de tela. Se hacía la fuerte. Limpié la herida con agua fresca de tinaja y un paño limpio. Al rato, volvió el viejo con ciertas hojas medicinales que ambos le pusimos, sahumadas en agua hirviendo. Se durmió conmigo sentado a su lado, se aferraba a una de mis manos. Afuera, el viejo había puesto algo a cocinar en el fogón y olía bien. A lo lejos, el ruido de los charamicos y el remoloneo del río. Yo la miré dormir; ya no sufría, descansaba. Despertó largo rato después, aún apretaba mi mano, y pareció verdaderamente contenta de verme ahí, a su lado. Me abrazó largamente. Yo busqué la humedad de sus labios, que me esperaban, ansiosos.

Hoy podría pensar que su respuesta de esa

tarde se debió a su necesidad de autoafirmarse, de saberse atractiva para un hombre, dado el rechazo de aquél otro. O quizás a puro sentido de agradecimiento. Pero sé que no, o eso quisiera creer. Esos del inicio son de mis mejores recuerdos de todos estos años juntos. Yo no sé si el viejo se enteró o no, sospecho que no le importaba. Nosotros nos fuimos para el río y, desnudos, nos entregamos a frenético juego amoroso. El agua se fue llevando hasta las penas. El amor es dulce para los nuevos amantes y duramos hasta bien entrada la noche en esos afanes, ya de vuelta en la casa. En los descansos, le aplicaba la cura de hojas calientes y sebo de Flandes, hablando disparatosamente de lo que fuera, contentos de nuestra recién inaugurada intimidad. Le dije que había dejado mis cosas y el vehículo en el pueblo, y quedamos de acuerdo en volver. Había mejorado bárbaramente. Cayendo la tarde del día siguiente, tomamos la ruta de retorno. En el camino, le expliqué mi plan. Al principio, se resistió, "no vale la pena", dijo, pero yo soy insistente. Esperamos ocultos hasta una hora prudente de la oscuridad. Ella se dirigió a su casa, a buscar sus cosas y yo, al hotelito. Estaba lista cuando fui a recogerla. Había que cerrar el capítulo. Con su dirección, fue simple escalar por la ventana abierta donde él dormía. Casi se muere

del susto cuando lo desperté. Luego de amarrarle
las manos y apretándole el cuello, lo obligué a
bajar por la misma ventana que yo había entrado.
Temblaba como una hoja cuando lo amarramos
al árbol del parque, sin ropa, para que todos
constataran que ella no había mentido.

II

Uno no comanda la vuelta de los recuerdos, y ese
es el problema. Ahora estoy sentado en mi rincón
de la casa que es la nuestra desde entonces. La
puerta abierta me regala la melancólica holgura

de los adoquines mojados de mi calle. Es tarde, me he levantado porque no aguanto el peso de las memorias. Temprano de la noche, Teresa y yo fuimos a caminar como acostumbramos. La lluvia nos agarró de sorpresa y llegamos ensopados, corriendo y muertos de la risa. Por suerte, los niños dormían y no hubo necesidad de disimular. Me ha hecho feliz, esta mujer. Si estos recuerdos vuelven tan fuerte a mí es porque sé que el fantasma del otro se ha despertado y la ronda. Los recuerdos, como la vida, son cíclicos y no tienen el mismo signo para cada cual. No sé qué pájaro le habrá picado a Teresa. Ni siquiera sé qué piensa ella de todo aquello que ahora evoco. Nunca más volvimos a hablar del asunto, yo tampoco hago muchas preguntas. ¿Qué tremendo poder habrá ejercido en ella aquel famoso "hechizo", que la ha hecho levantarse en estas últimas madrugadas, a mirarse al espejo y acariciarse la cicatriz? O, por ejemplo, a llamarme con el nombre del otro, no en ningún momento especial, sino en cualquiera: en la cocina, distraída, preparando el desayuno; al despedirse, tomando la cartera para salir a algún lugar o, como esta noche, en la cama, a la hora de la verdad. Antes, al principio, era hasta natural, pero ahora... bueno... Y pienso, ¿no tendrá ella razón en añorar lo que pudo ser?, más joven, más atractivo y con mejor posición económica. ¿Es tan simple eso de casarse con un hombre pero irse con otro porque el asunto es salir de la casa y ya?  Sé que ha vuelto al pueblo varias veces, me lo ha contado.  También sé que no lo ha vuelto a ver, o eso quisiera creer. No ha querido vender la casita ni las tierras, en otras palabras: no ha querido romper con el pasado. Un "hechizo" es, para la gente rural, el acto de marcar con su señal de fuego a los animales. ¿Qué significado oculto encierra este hecho para nosotros, pobres ignorantes hombres de ciudades? ¿O será el caso de Teresa el de aquellas víctimas que terminan justificando a sus agresores? O, peor aún, ¿lo sigue amando?, si es que lo amó alguna vez, cuestión que no me consta. A mí sí que me ha amado, estoy seguro, pero eso no quiere decir nada. Las mujeres, como el resto de los mortales, pueden amar más de una vez al mismo tempo. Lo que sucede es que la balanza se inclina de un lado o de otro, cuestión de opciones. ¿Se acabó mi cuplé? ¿Llegó la hora del otro? Pienso que sería consecuente de mi parte reunirlos. Yo los separé. Si es el tiempo de Teresa amarlo, bien. Ya lo fue el mío.


"No es lo que tú piensas", me dijo, no sé a propósito de qué, cuando ya íbamos lejos en la ruta hacia el pueblo. Me inventé una excusa cualquiera para armar este viaje, no era extraño entre nosotros coger carretera. Los niños se habían quedado en la casa, con Antonia. Antonia, caray, curada de espantos ya, por todo lo que había tenido que aguantar. Llegaba tempranito a la casa, siempre con lentes oscuros, porque no fue ni una ni dos las veces que nos encontró dormidos en el sofá de la sala sin nada puesto y la sábana corrida. Los niños estaban mejor con ella que con nosotros, se las sabía todas.

Era tarde de la noche cuando entramos al pueblo y nos fuimos directamente a la casita. La encontré muy fresca y bien cuidada. Tendió las sábanas que había traído, tenía esa obsesiva preocupación por las cosas limpias. Ese gesto me recordó tanto el anterior, en la cabaña del viejo... La miré con los ojos de entonces... No es la misma. Esta es ya una mujer de ciudad, es mucho lo que ha conocido, es mucha la libertad ganada. Es otra mujer. ¿Podrá reacostumbrarse? Pienso que sí, uno nunca sabe cuánto se añora lo que se ha sido, lo que se ha ido.

Me desperté antes que ella, me gustaba verla dormida, un lujo escaso. Abrió los ojos y me miró con ternura, me besó con mayor tibieza que

otras mañanas. En cambio, el amor fue difícil la
noche anterior, hubo un no sé qué de exagerada
vehemencia y desproporcionada sensualidad,
o a lo mejor todo estaba en mi cabeza. Era una
mañana preciosa, pero yo estaba más gris que un
pizarrón, cuando nos sentamos a desayunar, no
por casualidad, en la misma mesa de la misma
cafetería de aquella vez. Le hablaba de cualquier
disparate, de lo poco que había cambiado el
lugar, de lo bonito y limpio que estaba el pueblo,
pero Teresa ya no estaba conmigo. Miraba
constantemente hacia la puerta de la calle,
escudriñaba las caras de la gente que salían de la
misa, se mordía los labios como nunca la había
visto hacer. Yo la intuía nerviosa, sin embargo, el
nervioso era yo. Ahí estaba, tratando de mirarla
sin mirar, como tantas otras veces; sin poder,
porque mi alarma crecía en la misma medida
en que ella se iba demudando, haciendo dura la
expresión del rostro, moviendo las rodillas a un
ritmo acelerado e incontrolable. Según mi plan, en
ese momento yo debía esgrimir cualquier excusa e
ir al baño, pero qué va. Yo también era juguete del
destino. Asistí embelesado a todos sus cambios
de estado. En un momento, me miró como si me
traspasara, se paró, pálida, tumbando la silla.
Daba lástima. Se recostó, casi desfallecida, en la
puerta de aquella vez. Yo la seguía con la mirada.

Recobró postura y se dirigió hacia donde se acercaba un hombre  gordo y barrigón, vestido muy mal y con sombrero y botas de vaquero. Traía de la mano un niño de cuatro o cinco años; detrás, una mujer preñada cargaba una cartera que parecía un macuto. Teresa lo miraba mientras caminaba directamente hacia él. A pocos pasos, lo esquivó a duras penas y aun cuando lo había dejado atrás, seguía mirándolo, los ojos idos de órbita. El otro se dio vuelta, turbado, iba como a decir algo, pero optó por continuar su camino. Ella trazó un largo círculo y tornó a sentarse en un banco del parque, no lejos de donde estaba yo, que no la había perdido de vista ni un momento. Miraba a cualquier lugar, desgonzada sobre el espaldar, respirando ruidosamente. En ese instante, el otro pasó más cerca de mí, pude verlo bien. Era él, sin lugar a dudas. Había cambiado lo que cambia la gente con los años y el nada qué hacer de estos pueblos. Estoy seguro de que no nos reconoció a ninguno de los dos. ¿A quién, más que a él, le convenía olvidar todo aquello? De súbito, sentí una enorme congoja. Por Teresa, por mí, por ese hombre, por todo. Qué egoísta he sido. Ya no estoy tan seguro de que lo había hecho por ella. He sido yo, que por despojarme de ese fardo, no me importó el sufrimiento que le causaría a mi mujer. Qué desconsiderado he sido, qué

insensato. Corrí donde estaba, a pedirle perdón,
a deshacerme en excusas, si es que todavía era
posible.


Teresa me esperaba con el rostro mío, el que
amaba, el de todos estos años juntos, sonriente.


-Vamos donde el viejo Silvano - dijo,
apaciguándome con un beso cómplice.


Allá, en el río de antes, lavándonos del pasado,
acabó de rematar mis penas,


- No sabes cuánto he sufrido todos estos
años, pensando que le había malogrado la vida
a ese pobre hombre. Yo, que tuve la suerte de
encontrarte, de amarte, de ser feliz. Qué liviana
me siento... y nos amamos sin dificultad, de nuevo

desnudos, de nuevo, en el río.


cn, 1992

# BANCO DE OTOÑO

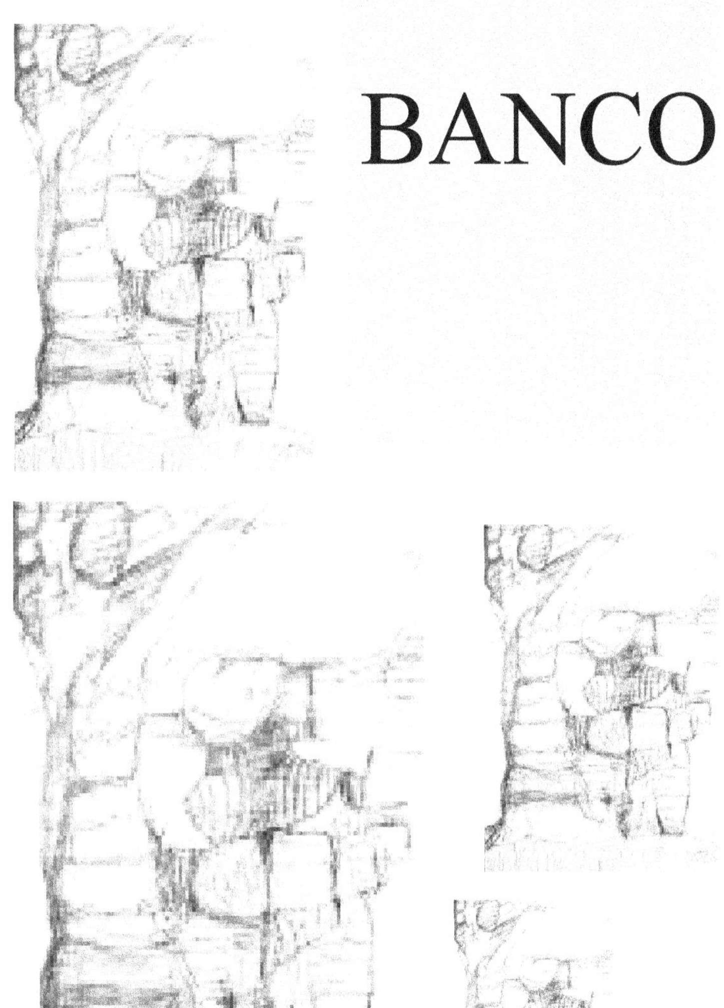

30

Banco de Otoño

Llegó cuando las hojas muertas cubrían ya
sus sueños y la espera.  Entró sin hallar más
resistencia que aquella la de guardar las
apariencias, y se instaló como si no fuera a partir
jamás.

La dejó hacer, convencido de que no hay feroces
murallas ni elaboradas y cínicas metáforas  que
puedan aguantar el feliz roce de ciertas sonrisas y
miradas, cierto tono de voz y anheladas ternuras.
Ella no sabía, es de suponer, que él había

clausurado todas sus puertas siglos atrás, que sólo
al triste soplo de pequeños amores, aventureros y
fugaces, se entreabrían.

No sabía, no sabía, es seguro, porque es como
para maravillarse  de cómo, al simple influjo del
canto de su voz se renovaban los colores; cómo,
al toque de su presencia, se dislocaban los astros y
ella era la noche y el día, el sol y la luna.

Pero él sí sabía que el amor nos es dado sólo en
pequeños sorbos y que no hay que desperdiciarlos.
Así que se envolvió en la vorágine sin
arrepentimientos, atesorando el día que se nos da.

Era tan lindo de nuevo vivir, tan de locos
esos labios y su pelo, tan de sabios el no
pudor y el desenfreno, tan cierto y bello, tan
implacablemente efímero...

Una prevista tarde –esas miradas perdidas, esas
melancolías prolongadas- le anunció que partía.

De nada vale la cordura en estos casos. No hay
lágrimas que rediman, ni palabras analgésicas, ni
noches cortas. No hay quien  salve del dolor. Se
ha ido.

Así de sencillo, de nuevo, el amor se arropó
de olvido. Y él fue, después de la tregua, sin
violencia –algo se aprende con los años– a
sentarse en su banco de otoño.

Un poco más muerto, quizás... un poco.


Verano '91.  Holanda.

# DEMASIADO TARDE

# Demasiado tarde

La muerte lo sorprendió despierto. Y él,
ajeno, absorto en sus pensamientos, no notó
como ésta iba llenando palmo a palmo, todos los
rincones de su habitación. Era un laborar lento,
muy lento, imperceptible para cualquier hombre
común. Y aunque él no lo era, también le fue
inadvertido ese progreso calmo y bien calculado
de la muerte. Que ya no se iba a detener sino
hasta copar totalmente su presa del día.  Él,
que seguía atento a los mil detalles de aquél,
"su" apartamento; de Marcia, de Carolina; de
la situación política de ese septiembre de 1970
que le tocaba vivir; de su caso en particular,
no notaría, hasta que las evidencias fueran

reveladoras por necesidad, ese paso progresivo de
la muerte. Sin embargo, era un hecho.
En algunos minutos más, sentiría los golpes
en la puerta, presurosos e insolentes, de los
instrumentistas de la muerte.
Su muerte.

Miró en redondo, buscando no sabía qué.
Se movió ligeramente en la cama. Con cuidado,
para no despertar a Marcia. Virtualmente, quedó
sentado. Acomodó la almohada para que su
espalda no diera de lleno en el espaldar pelado.
Así, en esa posición, podía ver totalmente el
cuerpecito de Carolina, su hijita de dos años, en
su camacuna, de lado, frente a la cama. Hacía
por lo menos año y medio que no la veía tan de
cerca, como ahora. Qué grande está. Esa vida
azarosa del clandestinaje no le había permitido
pasar los últimos años con su familia. Siempre
era un encuentro esporádico con Marcia, sin la
niña. Muy de prisa, por el peligro que implicaba.
Un saludo, un abrazo, un beso, un mensaje, una
orden. Y luego, los deseos contenidos, las ganas
de acariciar y amar ese cuerpo tan añorado en las
solitarias noches clandestinas. Así era, pues. La
niña había crecido sin ver casi nada a su padre, y
Marcia debía sentir la natural necesidad de tener a
un hombre cerca. A su hombre cerca. Nunca había

sido distinto. Desde la misma noche de boda. Los sorprendió la noticia en medio de los preparativos finales. No fue una total sorpresa, puesto que lo esperaban, pero no tan pronto. Al otro día salieron los dos – desdeñando la que sería su luna de miel en Constanza – para la capital. A unirse al levantamiento cívico-militar que había derrocado al Triunvirato, generando la guerra patria de abril del 1965.  Ambos asumieron sus resposabilidades y dejaron de verse por varias semanas. Así había sido. Y ahora, el clandestinaje.  Desde el secuestro de Crowley, a principios de año, no había vuelto a ver a su familia. Tuvo que esconderse, porque él fue uno de los implicados por el gobierno. Era buscado tenazmente por todos los organismos de espionaje del país. Pero no era sólo eso. Sus compromisos con el partido lo habían obligado a desplazarse por largos períodos fuera de la ciudad, dejando a Marcia sola con la niña, y los muchos quehaceres de la casa, que no eran pocos. Su compañera había aguantado el mayor peso de la resposabilidad familiar. Y lo hacía valientemente y con decisión. Se sentía orgulloso de ella.  Pero "La obrera", como la llamaban los amigos, combinaba todo esto con su trabajo en la universidad y con sus tareas en el partido. Era digna de admiración. Cuando pensaba en estas cosas era cuando más sentía quererla. Valió la pena el riesgo para verlas y estar con ellas, aunque fuera por esas cortas horas.  Le había caido muy bien el respiro sexual de la noche anterior. Lo había gozado enormemente. Quizás por el tiempo sin estar juntos. Lo cierto es que siempre se sentía bien alrededor de Marcia, pero anoche, aún más. La sintió más cerca, más unida a él. Envuelto en sus brazos y sus caricias, se olvidó por ese largo momento de la calle, de su calidad de perseguido político; de las matanzas, los atropellos, las torturas, los secuestros, los arrestos. Mas, ahora le volvía, clara, nítida, compacta, esa realidad; golpeándolo de frente, como una bofetada. De repente, sintió la inequívoca sensación de ser observado. Perdió el hilo de sus pensamientos y puso en tensión todos sus músculos y sentidos. Maquinalmente metió la mano derecha debajo del colchón, buscando la pistola. No estaba ahí, nunca la llevaba a la casa. Trató de saltar de la cama, pero Marcia lo detuvo. Lo acarició tiernamente en el pecho y los cabellos. Acaba de despertar y se maravillaba de tenerlo junto a ella; eran muy contados esos días. Reaccionó de inmediato, dándose cuenta de todo: había perdido la costumbre de ser observado por su compañera. Había relegado a un plano secundario del depósito de las cosas aprendidas, la manía de Marcia de escrutarlo insistentemente por todos los rincones

de su cuerpo. Con una fuerza y ternura difíciles
de no sentir. Se excitó. Dándose vuelta, quiso
acomodarla para buscar de nuevo el placer que
les era tan negado. Diferente a lo que esperaba,
su compañera lo apartó con delicadeza y le hizo
señas con la vista. Torció la cabeza y encontró a
Carolina, mirándolos con esos ojazos negros y una
media sonrisa en los labios. Se sintió sorprendido
en su desnudez. Cruzó las sabanas en la parte más
comprometedoras del cuerpo para ir en pos de su
niña. Entonces, fue Marcia quien protestó. No
por su propia desnudez, tantas veces compartida
con la hija a la hora del baño, sino por el friíto de
la madrugada. Contrariado ligeramente, extendió
el brazo para tomar su bata, pero no la encontró
tampoco. Hacía tiempo que no estaba en ese
lugar acostumbrado. Ella la había removido de
ahí porque cada vez que se levantaba, lo evocaba
en el mismo acto diario de extender el brazo
y adueñarse de la bata para cubrir el cuerpo
desnudo. No tenía costumbre de usar pijamas
o ropa interior al dormir. Creía disminuir el
recuerdo si quitaba la bata de ahí. Ya cubierta, fue
al ropero a buscarla y se la entregó. A seguidas, se
dirigió a la cocina, a preparar la leche de la niña
y a poner el café. En cambio, él se apoderó de
Carolina para llevarla a la cama, a jugar. La niña
lo llamó papi repetidamente, estaba feliz. Le dijo

en su lenguaje muchas otras cosas que no lograba
entender. Marcia se las traducía desde la cocina.
Se sorprendió de todo lo que hablaba ya. ¿Cuánto
no daría él por estar con ellas todo ese día? Y los
demás, pero estaba llegando la hora de irse. Ya
se asomaba la claridad por la ventana abierta que
daba a los tejados contiguos. A lo lejos, el mar,
totalmente calmo, a pesar de la ligera llovizna que
empezaba a caer. Jugó un rato más con Carolina,
hasta que su mami le trajo la leche. La recostó en
la almohada y le dio un beso en la frente. Empezó
a vestirse. Marcia, que le había traído ropa limpia
y el café recién colado, se le pegó a la espalda
y no lo dejó seguir. Él la apartó suavemente,
dándole un beso prolongado en la boca. Luego,
siguió vistiéndose, tomando el café a pequeños
sorbos, haciéndola comprender que debía irse.
Ella se retiró, resignada. Se sentó en el borde de
la cama, a observarlo: flaco, alto, cara de turco,
tierno, decidido; tal y cual lo mantenía fresco
en su mente todo el tiempo. Súbitamente, sonó
el teléfono, insistente. Se precipitó a cogerlo. El
timbrar inesperado la alteró, era muy temprano.
Él dejó la camisa a medio abotonar, en completa
atención.
- Es para ti – dijo ella, con fingida calma.
Con el timbrar, el niño le había dado un tremendo
salto en la barriga.

- ¿Sí? – inquirió al teléfono.

- ¿Turco? – preguntó la voz del otro lado. La reconoció al instante.

- ¿Qué pasa, Raúl – dijo a su vez, ya alarmado.

- Estás rodeado – prefirió decirlo de una vez. No había tiempo qué perder. Yo no sé qué mierdas tú haces ahí. ¿Tú no estabas en el este?

- Sí, pero... - trató de explicar. Pasado mañana es el cumpleaños de Marcia, y...

- ¡Qué cumpleaños del carajo, Turco! ¡Tú crees que la vaina está para esas pendejadas...! Pero luego lo discutiremos, ya arrepentido del tono áspero de su voz,

- Trata de salir rápido de ahí. Estamos por aquí atrás, te cubriremos. ¡Apura! –.

El Turco se quedó unos segundos con el auricular en el oído. Los suficientes como para comprender lo grave de su situación. Colgó. Marcia tenía a la niña cargada y estaba a sus espaldas. Había seguido la conversación, la expresión de su cara le decía todo. Se angustió. Él saltó hacia la ventana, echándole una mirada tranquilizadora a sus mujeres. Pero era una carrera inútil en contra de la muerte. Le salieron al frente varios cascos negros, apostados en lugares estratégicos desde la noche anterior. Miró a su alrededor rápidamente, se dio cuenta de lo imposible de la huida. Volvió a la casa por la misma ventana que había salido, ahora con menos prisa. La cerró de golpe. Fue entonces cuando sintió el vaho de la muerte. Se dejó caer en el sofá de la sala. Ya todo estaba dado. Analizó los factores a su alcance en cuestión de segundos; los puso al revés y al derecho, y los volvió a analizar. Su cerebro estaba acostumbrado a devorar los elementos de un problema cualquiera. Y más, en momentos como ése, de suprema decisión. La conclusión fue la misma: todo estaba dado ya: iba a morir. Le sobrevino una calma total, un total apaciguamiento de espíritu. Siempre le pasaba lo mismo cuando llegaba a conclusiones bien analizadas. Se quedó buen rato con la vista perdida en el vacío. La nostalgia se le presentó de golpe, haciéndolo evocar nuevas y viejas cosas. Pequeñas y grandes, tristes y alegres. Sin diferenciarlas, como si finalmente todo tuviese el mismo valor en sus recuerdos. Las lágrimas se aglomeraban en los párpados, pero las contuvo. Mandó la nostalgia al carajo, recobró la calma. Sabía que llegaría el día. Sólo le dolía no morir peleando. Ahora esperaba. Marcia lloraba, muy nerviosa. La llamó a su lado, para tratar de calmarla. Como si fuera posible. No le hubiera gustado a él estar en el puesto de su mujer ahora. Carolina jugaba despreocupadamente en la habitación contigua. Sonaron pasos precipitados en la escalera. Marcia se paró, dando paseos nerviosos por la sala, estaba a punto de la histeria.

- Abre la puerta – le pidió el Turco, suavemente. No va a pasar nada, descuida.

Se paró a buscar a Carolina, que estaba metiendo las manos en el agua de trapear. Regresaba de la habitación con ella en los brazos, cuando entraron precipitadamente.

- ¡Cuidado, que está armado! – dijo el teniente.

- No hay armas en esta casa – replicó mirándolo. El teniente apartó la vista y ordenó que requisaran el apartamento. Él volvió a sentarse en el sofá. Marcia se les unió, hecha un mar de lágrimas.

-	No hay nada qué buscar, teniente-, dijo hablando sin mirar. Si es a mí a quien quieren, aquí estoy. Llévenme ya, no hay que armar tanto alboroto – el militar lo miró de arriba abajo. Él jugaba con la niña.

-	Como quieras – dijo, y dio órdenes de que lo esposaran.

Marcia prorrumpió de nuevo en llanto. Lo abrazó. Él se zafó de sus brazos y le entregó a Carolina. La miró con ternura, y estuvo a punto de ser vencido por la nostalgia nuevamente. Ya estaba preparado para rechazarla. Tocó su vientre:

-	Cuídalos – dijo, con los ojos aguados. Se puso de pie. Miró uno a uno a los policías, buscando a su verdugo. Empezaron a bajar las escaleras. Entonces fue cuando lo vio, recostado de una de las paredes. "López". Perdió el aplomo por un momento. "Coño". Ahora comprendía finalmente por qué casi todos sus compañeros, y ahora él, habían sido cazados como pajaritos. Qué ingenuos habían sido. Demasiada precisión, demasiada exactitud. Tuvo cabal conciencia de la magnitud de lo descubierto. López se supo reconocido y subió un par de peldaños. Ahora sí le dolía morir sin poder hacer llegar su descubrimiento a  los que seguían vivos, a  los demás compañeros. Le sobrecogió una angustia visible. ¿Cómo evitar que otros compañeros valiosos mueran también?  ¿Cómo hacerles saber? Si pudiera, aunque sea, hacer entender a Marcia. Algo debía de hacer, pero estaba acorralado, se angustiaba. Marcia era la esperanza, viró la cara, buscándola. Ella seguía en la puerta, aún en bata. Carolina estaba abrazada a sus piernas, temerosa. No comprendió la expresión desmesurada de su rostro hasta que sintió el impacto. Marcia gritó en un tono desgarrador pero ya él no la oía. La bala le entró por la nuca y lc salió por el ojo izquierdo, yendo a incrustarse en la  madera, a escasos metros donde Carolina veía sin comprender, a su papi rodando escalera abajo, para quedar boca arriba en el descanso, con los ojos y la boca abiertos, en una mueca macabra que ella nunca olvidaría. La sangre salía sin freno por la nuca, el ojo izquierdo y la boca. Marcia bajó la escalera gritando y gesticulando como loca, pero la detuvieron antes de tocarlo siquiera. La gente empezaba a aglomerarse, a pesar de la persistente llovizna. López guardó bajo su ropa de paisano la 45 e impartió órdenes de alejar a los curiosos y de recoger el cadáver. Luego, se fue alejando del escenario, tratando de no ser notado. Uno más que caía. Se hacían menores las posibilidades de ser identificado como el Comandante López, cubano, ex combatiente de la Sierra Maestra, encargado de entrenar a un grupo de dominicanos contrarios a Trujillo, patriotas, por allá por los 60, exrevolucionario, ahora en misión especial en República Dominicana, en su calidad de agente de la CIA.

cn, agosto-septiembre, 1980, a diez años del asesinato de Amín Abel Hasbún.

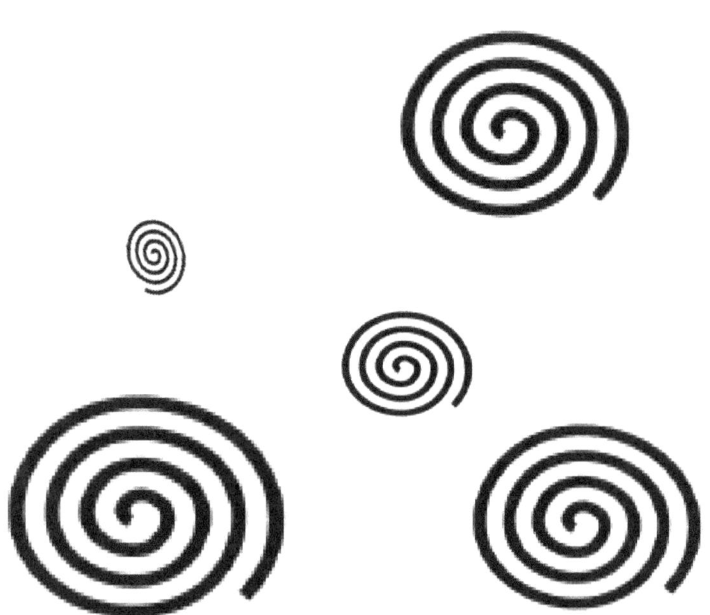

# CARACOLITOS

52

# Caracolitos



Caracolitos adoraba a su madre. Era un amor tranquilo, solidario; amor de todos los días. Amamantado en diarias tertulias alrededor del baño, la cama, la hora de escoger el vestido, las medias, los zapatos y las cintas de adornar el pelo; para cambiarla en las tardecitas a esperar que llegara su papi: el hombre de las dos. Era un amor de tiempos remotos, de placenta y ombligo; de senos y caricias detrás de las orejas: un amor cotidiano, sin sobresaltos.

Su papi era, en cambio, el lujo; su verdadero lujo: no había cosa mejor en este mundo. Lo

esperaba ansiosamente para contarle todo lo
que había hecho durante el día, abrazarlo,
besarlo, jugar con él. Era él quien la había
empezado a llamar Caracolitos, porque ella vivía
recogiéndolos en la playa, para luego traerlos a
la casa y hacer con ellos de todo lo imaginable.
Eran inseparables. Se iban de cacería, de pesca,
a jugar pelota, al río, a remar en bote. Su papi se
internaba en los bosques, detrás de las rolitas, los
rolones, las cigüitas palmeras, los carpinteros,
mientras ella se quedaba bajando la lomita en
yagüas o recogiendo más caracoles que también
aparecían por ahí. No sentía nada de miedo. Sabía
que no estaba sola. Tan sólo llamarlo y aparecía,

- Voy, tranquila, que ya voy.

Igual era de noche, cuando se despertaba
temblando, asustada por causa de alguna
pesadilla. Otras veces era él quien llegaba
de sorpresa, en momentos en que estaba
ensimismada en sus fantasías,

- ¡Ajá, te encontré! - y le hacía cosquillitas
hasta dejarla desvanecida de la risa.

- No te vuelvo a traer, eres una floja. Te
cansas de nada - protestando, como si fuera

cierto, cuando ella quedaba agotada, sin poder dar
ni un paso más.  Entonces, él la cargaba y ella se
le recostaba, adormecida, muerta de delicia, papi,
mi papi.

Una mañanita lo llamó para que le trajera
la leche, como siempre, y la que vino fue su
mami. Nada de qué preocuparse, papi se quedaba
trabajando afuera algunos días, y cuando volvía,
se las empataban todas. Pero había un no sé qué
en el rostro de su madre, un no haber dormido,
que la asustó. Además, fueron muchos y largos los
días que duró su papi sin volver. Mamá andaba
malhumorada y triste por la casa. La había visto
llorar muchas veces. Ella perdió el apetito, no
quería comer...

- ¡Ajá, te encontré!

¡Qué sorpresa!  Se le tiró al cuello, papi, mi papi.
Estaba pálido, grave; hacía esfuerzos por no
aparentarlo. La depositó en el piso, dándole una
nalgadita,

- Vete a jugar al patio. Voy a hablar con tu
  mami.  Ahora nos vemos.

No se fue a jugar. Se quedó rondando la

habitación.  Ratos después él apareció en la sala.

- ¿No te dije que te fueras al patio?

Pero no estaba molesto. Se sentaron en el suelo, a hacer figuritas con los caracolitos nuevos.  Papi estaba muy callado.

- Te tengo una buena noticia - espaciaba mucho las palabras.  Formó una casita que ella alabó.

- Vas a tener dos casas en vez de una.  Esta ya es muy chiquita.

- Pero...

- Nada.  Más luego te explico mejor. Ahora no lo vas a entender – parecía triste. Al punto, se contentó y se la subió al hombro.

- ¿Quieres conoces tu otra casa? - claro que quería.

- Es linda la casa mami y hay un cuarto grande para mí solita. Pero yo voy a dormir con

papi. Lo que más me gusta es la escalera, siempre
la bajo de nalgas.  No se lo digas –.

	-   Ay, no me jodas tú con tu papi. Tu papi
que se vaya a la mierda y vete tú con él también,
a ver si yo descanso, coño -  y se rajó a llorar
histéricamente.  Mami ya no jugaba con ella,
siempre peleando.  Lloraba mucho.

	Esa noche, se despertó tarde, gritando,
llamando a su papi. Tuvo pesadillas. Nadie vino.
Se quedó despierta, sollozando bajito. "Y vete tú
con él...".

Sí, ¿por qué no se iba? Prendió la lamparita, para
que no se diera cuenta. Ya era grandecita, sabía
ponerse los panties y los zapatos al derecho; el
vestido y las medias era un problema sencillo;
peinarse sí que no podía: se cubrió con un
sombrerito. Ahora era cuestión de traspasar la sala
a oscuras, sin tropezar con los muebles ni con la
mecedora; abrir la puerta sin hacer ruido.  Ya está.
¡Uy, qué frío! Tan pronto bajó los peldaños de la
galería, echó a correr como si la persiguieran o la
hubiese oído alguien. Se calmó pronto, pensando
en la cara de sorpresa que pondría su papi, al
verla. No vive lejos: cuando no iban fuera de la
ciudad, el venía a buscarla a pie y caminaban

a la casa por la vereda, jugando trúcamelo o recogiendo flores. Se sabía bien el camino. Sólo que siempre era de día y papi estaba con ella. Ahora era de noche y las calles estaban vacías. Tenía un poco de miedo. Sería cuestión de apurar el paso, pero esas flores están bonitas. Papi se alegraría si ella le llevaba algunas. Un poco altas, tendría que gabearse en esa verja.

- Guau, guau –

- ¡Ay! –

En ese instante, Caracolitos llegó corriendo y jadeante a su otra casa. Iba a subir la escalera cuando vió a su papi que venía bajando, con el rostro pintado de desesperación. Parecía que lloraba. Se le plantó al frente, ¡Ajá, te encontré! Él siguió como si no la viera. Papi, soy yo. Subió a la güagüa precipitadamente, puso el motor en marcha, Papi, soy yo, no me dejes, corriendo detrás de él, llorando ella también. Antes de dar marcha atrás, miró por el retrovisor. Pensó que había oído algo, como un sollozo. Entonces, la vio. La iluminaba la luz fantasmal del stop, se aferraba a la defensa, como si quisiera detener la marcha del vehículo. Bajó de un salto, aterrado de lo que pudo haber pasado. Caro, mi hijita, ¿eres

tú? ¿Qué haces aquí tan tarde? Ya bien sabía yo
que no podía ser. Ven mi amor

La quiso abrazar y sólo encontró el vacío y un
soplo de viento que le anduvo por el cuello y las
mejillas, revoloteándole el cabello. !Caro!, gritó,
angustiado. ¡Caro!, sin voz, sintiéndose el más
desgraciado de todos los hombres.


cn, 11 de diciembre, 1984.

# EL MA` GUAPO SE DOBLA

en blanco

# El má guapo se dobla

Cómo que a tirame uté ta loco compadre
son catorce piso pa bajo lo que hay  como un
frito me recogen  yo solo vine aquí a pensá un
poco acaso no hay derecho qué me importa a mí
que ete lugar sea del gobierno  cuál e la jodienda
maldito gobierno no hermano a uno le pasan vaina
eso e tó no no e como pa ponese a hablá de eso
son vaina compadre no e pa tanto allá abajo sí
en la oficina de pasaporte sí somos amigo uté le
dice don lui que bien  bueno ahora e don  pue ese
don lui y yo no conocemo dede chiquitico pero
eso no importa la vida e sasí mejor dicho eramo
samigo mejor me hubiera dejao tranquilo en mi

casa  cuando uno no tiene ná se acotumbra a tó
mejor me hubiera dejao quieto no se lo agradeco
pa ná  dede que salí de la victoria no he vuelto
a da un golpe  pero uno se la buca como quiera
man  sí sí mano  tuve preso pero por  política  no
por robo ni na deso  también lui  por la mima
vaina pero no me interrumpa déjeme hablá oh no
quería que le contara  entonce no joda  déjeme
hablá  ante que yo  qué se yo  bueno alguno tienen
má suerte  yo duré casi cuatro saño  él no llegó ni
a do  qué uté quiere  yo soy el deo malo entonce
que no te apure  que e mejor que yo te afuera  que
te voy a cuidá lo muchacho  maldito pendejo  ni
siquiera fue a visitame  y la mujer se tuvo que
i  pal campo con to y lo sijo quién aguanta ese
fuete sin cuarto y sin comida  alguno tienen má
suerte ya se lo dije  pero no me ponga a hablá de
eso man por no hablá fue que me jodí dejemo esa
vaina  maldición coño  cómo que si me dieron y
quién se salva de su agolpiá en la carcel  el ma
guapo se dobla  lo golpe e lo de meno  ay dejemo
eso  no me joda  cuando uno tá en mala hasta lo
sijo le salen ajeno  de lui no  de él no eperaba eto
somo pana dede que tábamo así  qué te digo  y
míralo ahora quelegante anda  siempre le  gutó
vetí al pendejo ése  claro que me recibió  par de
vece pero de lo que me habló fue del partido  nada
de trabajo  qué minporta a mí maldito partido

yo lo que necesito e trabajá  ganá papeleta pa la
comida y pa traéme a mi sijo otra vé   maldito
partido  son la mima gente de ante  no sé cómo
puede  tú sabe lo tiro que gatamo nosotro contra
esa mima gente  eso no tiene madre  claro que en
el 65  cuándo má  no se cómo puede  pero dejemo
eso compadre  ya no me joda má  váyase  de qué
tirase del diablo uté me táblando  el único que
pierde soy yo  déjeme quieto  váyase hermano
qué policía de la mierda buque lo que le dé su
maldita gana  maldito pendejo   que va a bucá lo
kenton como si yo le tuviera miedo a eso ladrone
si él supiera cuánto de eso come mierda me tiré yo
en la revolución  no me joda nadie

cn, '84

66

# HABÍA UN SOFÁ Y SE VENDIÓ

en blanco

# había un sofá y se vendió...

Comparado con otras personas a quienes ella conocía, a Leonor, el ser ciega no le había resultado tan traumático.  Fue un proceso bastante lento, que le dio tiempo a todo. Cuando tenía como doce años, empezó a notar que perdía la visión en algunos momentos.  Casi siempre de noche.  No quería ni acordarse del terror que le producía aquél saberse despierta, con los ojos abiertos y sin poder ver.  Al principio, lo atribuía a la oscuridad, duraba poco.  Pero luego se fueron haciendo más prolongados y frecuentes. Su madre decía que eran pesadillas y el cura quiso averiguar cuáles grandes maldades ella ocultaba,

para recibir tamaño castigo divino.  Un día, se
lo confió a su maestro, él dio con la clave: habló
con sus padres.  Desde ahí en adelante, todo
fue un chequeo eterno, un trajinar de doctor en
doctor, esperanzas y desalientos, exámenes y
más exámenes. Era aún muy niña, resultaba una
novedad; una particularidad  que la distinguía
entre todos los chicos y las chicas de su edad.
Pero cuando la cosa se agravó y ya no podía
ni leer los muñequitos y mucho menos ver la
televisión, cuando la fueron separando de las otras
niñas, tomó conciencia de lo grande de su caso.

Para esa época, empezó a preferir las
cosas en donde los ojos no eran tan necesarios.
Se aprendió de memoria el teclado del viejo
piano de su casa y afinó la voz. Con el canto
despejaba la soledad que la iba envolviendo de a
poco.  Se hubiera vuelto solitaria, posiblemente
arisca, malhumorada y acomplejada, si no
hubiese aparecido Joaquín.  Lo conoció en su
fiesta de quince años.  Sus padres insistieron
en presentarla en sociedad.  Para ella no tenían
ningún sentido esas cosas, pero su madre creía
que sus canciones eran dignas de ser oídas.  La
posibilidad de que otras personas escucharan
lo que le era tan íntimo le produjo una crisis de
terror.  Se negó tajantemente.  Luego, entendió

todo lo que significaba para su madre; ella,
que había sido prácticamente su único sostén
en los peores momentos.  No pudo mantener
su negativa; para su dicha total, allí conoció a
Joaquín.  Entonces todavía distinguía los rostros,
si estaban bien iluminados, a corta distancia y de
frente; su visión lateral ya era escasa.  Recuerda
el de Joaquín, mirándola embelesado, mientras
cantaba canciones compuestas por ella misma en
noches de muchas tinieblas y desasosiego.  Hubo
una inmediata identificación mutua y, desde esa
misma noche, iniciaron una relación idílica, a
la edad en que el amor presenta sus más vivos
colores.  Bailaron sin hablar durante toda la
noche.  Encontró resistencia, no sabía de dónde,
para ser su pareja en todos esos merengues y
sones, boleros y güarachas y hasta la música
"disco", tan en boga en esos días.  No quería que
bailara con nadie más que con ella.  Ya nunca más
se separaron y ella dejó de sentirse sola.

La ceguera perdió importancia.  Se negó
a continuar los tratamientos de los médicos
y, mucho menos, quiso salir del país, como
le recomendaron a sus padres (era sólo una
posibilidad), para corregir la enfermedad que le
aquejaba. No tenía el menor deseo de separarse
de Joaquín, por demás, ver o no ver ya no era su

preocupación primordial. Se fue quedando ciega irremediablemente, mas, ya conocía los distintos tonos de la luz; ya había ido gradualmente agudizando cada uno de sus otros sentidos. De manera tal que los ojos iban siendo sustituidos por nuevas formas de ver sin ver. Ya había captado muy bien las diversas facciones y las formas de las figuras de Joaquín, sus padres, sus hermanos y sus pocos amigos y amigas. Tenía una tremenda ventaja sobre ellos: conservaría por siempre lo que de sus imágenes había fijado en su memoria, sin lastres, sin contaminación, inmunes al tiempo y quizás hasta el espacio. No era preciso ver con los ojos, pues.

Se casaron varios años después. Ella, veinte y él, veinticuatro. Puso como condición que terminara su carrera de ingeniero. Aunque no era eso: necesitaba estar segura de que no seguía con ella por compasión. Tuvo más que pruebas: Joaquín era su reverso. Escribía poemas muy hermosos, con buen ritmo, que traían sus propias melodías. Y también cantaba, incluso mejor que ella. No podía quejarse, ni se quejaba; en esos tres años de casados, todo había sido felicidad. Bueno, casi todo: no tenían hijos. Sostenía la idea (absurda, según los doctores) de que podía trasmitirle su mal al feto; Joaquín decía ser feliz con ella sola. Acuerdo mutuo.

En la casa hacía de todo, su ceguera no
era total. Distinguía los días de las noches y, a
veces, cuando usaba los lentes, podía ver figuras
en bulto.  Prefería no usarlos, le producían un
estado de ansiedad terrible. Nunca le interesó que
viniera nadie a ayudarla, como insistía Joaquín.
No era una inútil.  Su madre, quien venía de vez
en cuando a enseñarle tal o cual receta, seguía
siendo su único y permitido soporte.  Y era del
todo explicable: cocinar es lo más difícil de los
quehaceres de una casa.  Hay que saber combinar,
con exacta precisión, los distintos ingredientes.
Los ojos eran casi imprescindibles, pero no para
ella: desarrolló una técnica minuciosa en las
medidas.  Técnica que incluía las manos, sobre
todo, jarros y tazas con marcas bien profundas y
utensilios  especiales y bien ubicables.  El resto
era simple, bastaba con no mover mucho los
objetos su lugar.  Así, había logrado caminar por
toda la casa sin ni siquiera tropezar.  Llevaba un
preciso control de dónde estaban los muebles
de la sala, las sillas del comedor, los taburetes y
las mesitas y cualquier otra cosa que la hiciera
perder el control.  Joaquín era muy cuidadoso,
además.  Al principio, no tanto, pero bastó una
que otra reprimenda para que comprendiera.  Él
le compraba sus ropas y sus zapatos.  Prefería los

vestidos y zapatos sin tacos altos, cuestión que
no se le escapaba a él.  Salía poco, casi siempre
con su marido; aunque, a veces, se escapaba al
mercadito de la esquina o a la iglesia bien cercana.
Le agradecía tanto que se hubiese tomado tiempo
para clasificarle sus vestidos, zapatos y carteras:
los que combinaban, los que se podían usar para
la calle (en el caso de los vestidos), los que eran
sólo para la casa, los sin brassier y aquellos
con los cuales debía usarlo.  Era su eterno
pleito, le molestaba ponérselos y Joaquín vivía
recriminándoselo.  Lo que él no sabía, ni nadie
– eso no se dice – es que, en los días de mucha
brisa, no usaba ninguna ropa interior.  Prefería
dejar al viento jugar con los vellos de su pubis.
Eran días en que se le hacía poca la paciencia para
esperar a que volviera del trabajo, a sustituir el
viento en sus caricias. Pero son cosas que ella no
hablaba ni con él, no parecen ser cuestiones de
mujeres decentes.  ¿Lo habría notado? Esperaba
que sí, simpre hay formas de enterarse de ciertas
cosas.  De la misma manera en que ella sabía
muchos asuntos de él  sin que se los hubiese
contado.

El día le resultaba largo. Tenía resueltos
todos los quehaceres de la casa, incluyendo la
comida.  Odiaba sentarse sola a la mesa, pero

desde que le cambiaron el horario a Joaquín, no le
quedaba más remedio.  Ahora no encontraba qué
hacer: las flores ya estaban regadas, la vecina salió
temprano y no retornaba aún, no tenía con quién
conversar.  Se sentó un rato al piano, pero no era
lo mismo si él no estaba para compartir, lo dejó,
fastidiada.  ¿Qué hacer?  Faltaba más de una hora
para que volviera.  ¿Qué hacer? Se sentó en la
sala, tratando de dominar su tedio, su impaciencia.
Era de vientos hecha la tarde y ella no podía
aguantar las ganas; se sorprendió a sí misma
tocándose el sexo con la punta de los dedos.
Bueno, no tanto como sorpresa. La práctica se
había hecho muy común en los últimos tiempos;
no terminaba de acostumbrarse a la idea; no le
parecía correcto.  Joaquín regresaba muy cansado
del trabajo en estos días, y cuando la buscaba,
no le alcanzaba el ánimo para llegar los dos al
mismo puerto.  Pobre Joaquín, tan preocupado
que estaba con ese nuevo proyecto habitacional.
Ella lo comprendía perfectamente, era "su parte"
la negligente, la que pedía más y más cuando él
quedaba rendido en la cama, luego de haberse
satisfecho, dejándola tan desesperada, tan sola...
Nunca se lo había dicho, en realidad, esperaba
que lo captara, pero le resultaba difícil conciliar
el sueño en esas noches. Tenía que tocarse,
acariciarse. ¿Cómo aplacar, si no, ese  deseo casi

animal que la corroía por dentro? No, no estaba cómoda consigo misma.

Retiró las manos, asustada, cuando oyó que sonaba el timbre de la puerta. No esperaba a nadie, hacía días que su madre no pasaba, pero ella siempre llamaba por teléfono antes de venir. No podía ser Joaquín, por más que lo quisiera, él tiene su llave. ¡La vecina! Claro, ¡qué bueno! No era ella, tampoco tuvo tiempo de preguntar, porque ese hombre joven en la puerta, ya le estaba explicando que trabajaba con su marido y que había venido porque él quedó de entregarle un dinero que le adeudaba. Lo mandó a pasar, de malas ganas, al notar que el hombre no hacía ademanes de irse, al informarle que su marido no estaba. Se fue a sentar en el sofá. Las visitas no eran comunes, mucho menos, las masculinas, se sentía incómoda, no sabía cómo comportarse. De pronto, recordó que no llevaba ropa interior debajo de la bata de estar; pidió excusas y fue corriendo a la habitación. Él ya lo había notado, como también la vio casi desnuda en el cuarto, puesto que ella, poco acostumbrada a tener esos cuidados, dejó las puertas abiertas.

Volvió a la sala a sentarse en uno de los sillones, frente al sofá. Estaba nerviosa, no

se quedaba quieta en su asiento. Inició una
conversación para romper el hielo, el hombre la
siguió sin mucho interés (sus ojos estaban fijos
en la ranura de sus piernas, provocadoramente
abiertas; quizás por lo bajo del sillón o por su
descuido involuntario).  Así, se enteró de que
se llamaba Julio, que era obrero constructor,
que estudiaba de noche en un liceo público y
algunas otras cosas más o menos interesantes,
que la ayudaban a ir vadeando el temporal. En
cambio, él quería darle un giro a la conversación,
le resultaba más que evidente que esa mujer
buscaba algo.  Ella, ajena, estaba más tranquila
y hasta se reía sinceramente de sus ocurrencias.
De súbito, se vino abajo una lluvia fortísima,
causando gran estrépito en los tejados. Quedó
muda por un instante, amaba la lluvia.  Volvió
a sentir la premura del sexo, sintió la humedad
de la vagina y la dureza de los pechos; tuvo
intención de acariciarse, pero recordó a tiempo
que no estaba sola. Se aterró tan sólo de pensar
que se le hubiera notado. Necesitaba alejarse
para dominar su impaciencia, le ofreció algo de
tomar y el otro aceptó muy de acuerdo, si tenía
picante. ¿Cómo?  Algo con ron, le dijo.  ¡Ah! Ya
en la cocina pudo aplacarse.  La preocupación por
combinar bien el ron con la soda se sobrepuso
a las exigencias internas.  Regresó haciendo

malabares para que no se le cayeran los vasos de
la bandeja.  En esa actitud, volvió a notar algo
extraño en esta mujer.  No estaba borracha, se
habría dado cuenta antes.  Cuando ella se inclinó
para poner todo en la mesita, pudo verla más
de cerca.  No fijaba la vista en ningún lugar,
movía los ojos de un lado a otro, sin control.


- ¡Usted es ciega! – verdaderamente
  sorprendido.

- Sí, claro, ¿no lo habías notado?

- Lo único que se le nota a usted es lo
  buena que está – soltando una carcajada.

Se turbó, aunque no pudo evitar una sonrisa.
Durante la conversación había notado una que
otra indirecta, pero lo pasó por alto.  Ahora no
hubo forma de evadirlo.  Lo sorprendente era
que no le desagradara, así que no pudo articular
ninguna respuesta.  Julio estaba silencioso,
silencio que Leonor no supo cómo interpretar.
Tenía dudas: si era ciega, ya no sabía cómo
interpretar lo que él creía que eran señales. Pero,
¿por qué ese nerviosismo, esa turbación?  Sólo
había una forma de comprobarlo, se paró y se le

acercó.  Ella retrocedió instintivamente.  Julio se
acercó más, agitando las manos frente a la cara
de Leonor, para comprobar.  Lo interpretó mal,
creyó que quería tocarla y retrocedió sin cuidado,
tropezando y cayendo al piso.  Se apresuró a
ayudarla. Al pararla, quedaron muy juntos el uno
de la otra. Leonor se dio cuenta de que temblaba
de pies a cabeza al sentir el aliento del hombre
quemando sus mejillas.  No tuvo más dudas, la
asió por la cintura e intentó besarla.  Movió la
cabeza de un aldo a otro, esquivando sus labios,
diciendo que no, pero lo que le preocupaba era
el tizón en su centro, pegado ahí, moviéndose
ahí; haciéndola, muy a su pesar, humedecerse de
nuevo.  Lo empujó, trató de empujarlo, no podía,
era fuerte ese hombre.  Luchó desaforandamente,
con pies y manos, ya no tanto en contra de él,
sino en contra de ese indeseado placer que la iba
invadiendo, casi desfalleciéndola.  Julio pensó
que ese desfallecimiento era signo de abandono
y aflojó la presión de los brazos sobre la cintura
para tratar de besarle los senos.  Leonor logró
zafarse, trató de huir, encerrarse en la habitación.
El hombre la alcanzó a medio camino, la levantó
en vilo, tirándola en el sofá, y con movimientos
rápidos y precisos, propios de un maestro, la
despojó de toda la ropa.  Sin pausas, centró su
boca en esos labios húmedos, perfumados.  Quiso

empujar la cabeza de entre las piernas con las manos, pero ya ni éstas le obedecían. No tenía control de nada. En vez de empujar, aprisionaron con más fuerza, para aumentar el gozo que la recorría entera, aunque tanto quisiera no sentirlo, haciéndola morir entre estertores incontrolables y gritos apagados por el silencio de la casa. Entonces, se presentó la realidad implacable: apareció Joaquín, dibujado en su mente con toda perfección de detalles.

Se paró con brusquedad, empujando al hombre de
su lado con una fortaleza inusitada.

- ¡Váyase! - le dijo con firmeza,
sintiendo que la indignación la ahogaba.

- ¡Fuera! - era fuego que salía de esos ojos
yertos.

El hombre se puso de pie, sonriente. No
hacía falta seguir     intentando. ¿Ya para
qué?

- Dígale a su marido que no me debe
nada – dijo al salir, riéndose.

Ella quedó abrumada, recostada en la
pared, respirando con dificultad. Se dio cuenta
de que estaba impregnada con el olor de ese
hombre odioso, repugnante. Corrió al baño para
restregarse con furia, tratando de exorcizar con
el jabón toda esa maldad que tenía adentro. Era
un mar de contradicciones, no pudo evitar las
lágrimas cuando se le presentó Joaquín de nuevo,
mientras se secaba los cabellos con la toalla. Pero
él sólo llegó un rato después, mientras terminaba
de cambiarse.

Se apresuró a terminar, alisándose el cabello 
como pudo, cuando oyó girar la llave en el llavín. 
Fue rápidamente a su encuentro, era preciso que 
no notara nada raro en ella. Joaquín entró, feliz, 
agitado; la agarró por la cintura y la elevó por 
los aires. La besó en la mejila, en los ojos, en 
la boca... estaba excitado: se había aprobado el 
proyecto, se iba a ganar unos millones en ese 
negocio. Había decidido comprarse el yate aquél 
y a ella, que pensara en lo que quería, dinero no 
era el problema. Al entrar en la sala, con ella 
cargada aún, notó el desorden de los vasos sobre 
la mesita de centro:

- ¿Vino Julio? – preguntó.

- Sí - dominando los nervios. Se fue 
porque tú no llegabas.

Él lo tomó como si nada; dijo algo sobre 
ese hombre que tanto molestaba y cambió 
de tema. Volvió a mencionar el proyecto 
y el bote, estuvo con eso hasta la hora de 
acostarse. Ella lo conocía bien, muy bien; 
mejor que él a ella, por lo visto. Sabía que 
cuando llegaba así, en la noche la buscaría 
para el amor.

Tanto lo conocía, que adivinaba uno por uno los
pasos que daría antes de penetrarla: la besaría,
primero con ropa; luego, se la iría quitando pieza
por pieza, siempre igual: el pantie, mientras le
acariciaba el pubis; después – y no siempre – la
pijama; finalmente, el sostén, si era que tenía;
si no, haría algún comentario sobre su mala
costumbre de no usarlo y ella se sonreiría.  Luego
de esta parte del ritual, la besaría de nuevo: en
la boca, en el cuello, en los senos; mientras, le
frotaría el pene por su parte; al rato, la penetraría.
Pronto llegaría a su clímax mientras ella se
quedaría buscando más donde no hay.  Casi al
instante, quedaría rendido sobre ella, que luego
tendría que empujarlo suavemente a su lado de la
cama.  Sí, así sería, no tenía duda alguna.  Sólo
que hoy, a ella le parecía tremendamente tedioso
todo el asunto.  Especialmente el final.  Antes,
había hecho un gran esfuerzo para  acoplarse a
su ritmo, algunas veces lo logró.  Antes, había
esperado que él notara que ella no alcanzaba a
llegar a su final.  Hoy, se daba cuenta de que había
pasado mucho tiempo ya, que no podía seguir
siendo de esa manera.  Lo quería mucho para
eso.  Sí, lo quería mucho, pero las cosas debían
cambiar.

Por ello, cuando él inició el rito,  esperó
la parte en que le quitaba el pantie
y le acariciaba el pubis para decirle,
aprisionándole la mano, obligándolo a
demorar la caricia,

¿Porqué tú nunca me besas por ahí?


cn,  agosto-octubre, 1982

en blanco

# UNA DE ESAS NOCHES

en blanco

# Una de esas noches...

Aconteció una noche memorable, hecha de lluvia tenue y filosa. La ventana de cristal contenía precariamente el embate monótono y persistente de las gotas, que se le antojaban frías. Noche para los recuerdos, la melancolía, y el amor de cama limpia.

- Llego esta noche, creo que tarde- y de súbito, se sintió alegre. El timbrar del teléfono tiene ese maléfico don de acelerar los latidos.
- Te sale como quiera- le había dicho antes de cerrar. Ella ocultó su ansiedad en una risita

nerviosa. Todavía era tímida, con todo y el tiempo que llevaban de casados.

Acostó a los niños, luego de preparar la cena y dejarlos que vieran televisión un rato. Se dio un baño íntegro y esperó desnuda a que llegara, acostada en la cama, con mil animalitos hurgándole el estómago.

Ella luego ha dicho que no sabe cuánto tiempo después, sintió el carro entrar en la marquesina; lo escuchó abrir y cerrar puertas: la del cuarto de los niños (tenía esa vieja costumbre, de chequear a sus hijos antes de acostarse), la del baño (siempre se bañaba, cuando llegaba de tocar, tarde de la noche) y la de la habitación que compartían. Donde, tan sólo traspasar la frontera del mosquitero, él la buscó con las manos y los labios y ella no pudo seguir fingiéndose la dormida, porque el deseo la abrasaba.

Fue, como vemos, una de esas noches memorables. No está en mí ponerlo en duda, yo lo cuento y nada más. Pero, la verdad es que también se dicen otras cosas y no se pueden echar a un lado. Toda vez que sus resultados son igualmente contundentes. Aquí las paso, ustedes decidirán cuál versión creer.

Dicen los otros de la orquesta, los últimos
en verlo con vida, que ni siquiera gastaron
palabras en tratar de convencerlo para que no
cogiera carretera a esas horas de la noche y con
lluvia tan copiosa.  Felipe ya no se quedaba en
los pueblos, siempre tenía prisa por volver. Él era
buen volante, admiten no haberse preocupado
demasiado. Lo encontraron desnucado, dentro
del carro que se había virado, abriendo un surco
profundo en el suelo de la finca adonde fue a
parar. La razón, el por qué: si los hoyos, si los
animales, si el pavimento resbaloso, no tienen
importancia: ya estaba muerto. Lo demás es
cuento de velorios.

Dos historias paralelas, coincidentes en
el tiempo. Usted escoja la de su gusto, yo sólo
las cuento. Algo me llamó mucho la atención,
dándome vueltas y vueltas en la cabeza por largos
días: Ella se decidió a contar su parte después de
pasados muchos años. ¿Por qué? Eso fue lo que
me propuse averiguar.

Esta mujer se había acostumbrado a que lo
que aconteció aquella noche pertenecía a la región
de los sueños. El tiempo —y las evidencias, cabría
agregar- todo lo borra. Sólo que otra noche de

lluvia y melancolía, ella volvió a alterarse con la impertinencia del teléfono. Ya los muchachos dormían. Había resultado muy duro llevarlos a ese tamaño sin el apoyo de Felipe. Nadie habló del otro lado, pero llegó a oír una respiración agitada, que le era muy conocida. Su corazón se aceleró y golpeó con fuerza; el cosquilleo se le instaló en el estómago.

No hubo trajinar de puertas abiertas o cerradas, ni ronroneo de vehículo. Pero sí un aliento que le llevó su fragancia inconfundible, al sentirlo entrar a la habitación, que volvió a ser de los dos. Larga y sin esperanzas había sido la espera; muchas, las ganas reprimidas. Por eso le fue particularmente trabajoso fingir naturalidad en el tono de la voz, al tratar de calmar a los hijos, quienes habían acudido a la puerta de la habitación, a indagar lo que pasaba, seguramente alarmados por el ruidoso tráfago amoroso y el goce, audible en los gemidos y jadeos que la embargaban.

El tiempo todo lo borra... o todo lo aclara. Así es. Yo no soy quién para juzgar estos hechos, usted piense lo que quiera. No hago más que contarlos. Por demás, a Teresa no hay quién la convenza de que esto pudo ser igualmente un sueño.

- Los sueños no dejan marcas en el cuerpo –
dice. Y si usted no fuera un extraño, posiblemente
le enseñara algunas.


cn 1986

# MONTADO EN SU CABALLO

en blanco

# Montado en su caballo

- ¡Ay! - dijiste, y te metiste la cabeza entre las manos.

De nuevo ese dolor incontrolable, que no era tanto dolor sino una sensación de haber sido abordado, invadido, tomado. Esa era siempre la primera señal, éste dolor, ésta cabeza ardiendo, le seguía un cosquilleo furioso que te recorría todo el cuerpo, dejándote vapuleado, enteramente fatigado, sin fuerza.

Cuando volvías en ti, te contaban que hacías cosas locas, que andabas como endrogado, sonámbulo, hablando con otra voz, "agua, dénme agua" y te embicabas de los galones.

Dijeron que eso te había quedado por lo de
Palma Sola, donde viste morir a muchos de tus
compañeros de armas y a tanta otra gente sin
nombre que te era absolutamente indiferente. Pero
tú bien sabes que esa no fue la razón. Lo único
que recuerdas son aquellos ojos, muy brillantes,
a pesar del denso humo, del tal mentado Mellizo.
Que te miraban a ti y sólo a ti, fijamente, antes
de caer muerto, enarbolando la foto del Santo.
Muerto por otras balas, porque tú no hubieras
podido dispararle a esos ojos que se te habían
quedado pegados en la cara.

Y más no recuerdas porque, al caer él, también tú.
No por roce de bala, como creyeron ellos, sino por
su mirada, que te tumbó, dejándote desgonzado,
sin ánimo para nada y hablando una sarta de
disparates.

Luego, años de por medio, la escena sólo se hacía
presente en tus recurrentes sueños. Hasta que
apareció Juan Tomás, a explicarte el asunto del
golpe y a pedirte que lo acompañaras. Entonces
volvieron los ataques.

Era muy engorroso, te podía suceder tanto en
medio de una reunión como en la misma calle.

En cada caso, debías retirarte casi corriendo a tu casa o a tu oficina de La Fortaleza, tan pronto las primeras señales.  La gente hablaba, murmuraba, lo sabías, pero, ¿qué podías tú hacer? Había quienes  te consideraban un peligro, un cobarde no digno de confianza.

Y ahora, de nuevo, ¡qué maldición!, cuando ya hay gente tirando en las calles de Ciudad Nueva.

Era más fuerte que nunca, a duras penas te sostenías en pie. Te apretabas la cabeza buscando alivio, te doblabas como borracho, maldecías y pataleabas luchando contra lo que te poseía.

- Mi Coronel... con su respeto– te sobresaltó el Ordenanza, cuadrado en atención, los dedos rozando el gorro. No ocultaba su decepción al verte tan disminuido. Tú te sentiste avergonzado, consciente del ridículo.

- Proceda - recobrando un poco el aplomo, devolviéndole el saludo.  El Cabo tardaba en reaccionar, no salía de su asombro.

- ¡Hable! - lo conminaste.  Querías que se fuera pronto, que te dejara tranquilo con tu cruz, pero el otro aún dudaba... ¿debería?

- Los americanos, mi Coronel, los americanos...

Estabas parado frente a la ventana, buscando alivio en la brisa del río, perdido todavía. Cuando le tomaste el sentido a las palabras, viste frente a tus ojos la puerta que se abría lentamente.

- ¿Cómo que los americanos? ¿De qué usted está hablando?

Pero ya estaba claro, no hacía falta escuchar más. "Así que los americanos. Como en el 16". La puerta se abría por fin. Recobraste postura, respirando hondo.

- ¿Dónde están? - inquirió el trueno de tu voz.

- Están tirando de Los Molinos, mi Coronel - dijo el Cabo, repentinamente alegre.

Te calzaste el kepis, te ceñiste la 45, agarraste la Thompson,

- ¡Estos americanos van a saber quién soy yo!

Y saliste por la puerta ya abierta de par
en par, montado en tu caballo invencible
que eras tú mismo, CamañoLiborio,
PapáLiborioCamañoDeñó.


cn '83

# LINDA

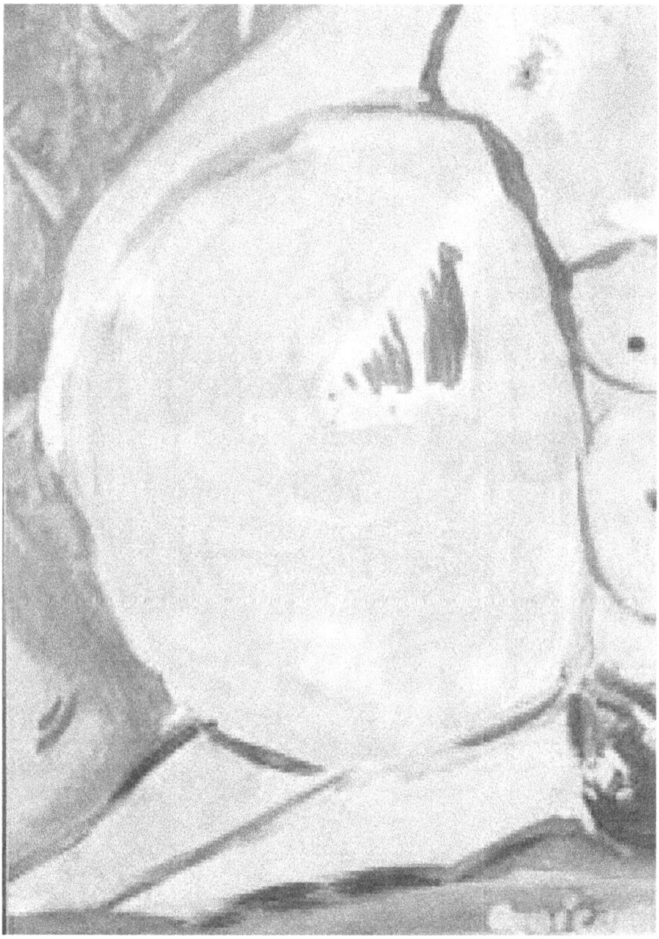

# EN BLANCO

# Linda

Linda, desde el principio, me deslumbró. Recuerdo claramente su vestido blanco y su sonrisa de dientes iluminados por el naciente resplandor que todo lo abarcaba en esas horas primeras, mientras la observaba subir a la güagüa. Y recuerdo el vestido blanco porque hacía bello contraste con su piel negra: belleza del contraste a la cual no he sabido resistirme nunca. La luminiscencia de esos ojos era otra cosa, todavía no sabría cómo explicarlo, pero entendí que no era tanto de ella como de los otros, y que eso era parte del misterio que los envolvía a todos, puesto que ahora que lo relaciono, había bastante de extraño en la circunstancia que los encuadraba. Sin embargo, no creo que me hubiera sido posible descifrar en ese momento lo que iba a pasar. Ni

en ningún otro. Fui incapaz, desgraciadamente
incapaz, de comprender. Me dejé envolver, me
dejé llevar. Uno en este oficio ve de todo, conoce
mucha gente. Que me llamen para servir de guía a
unos americanos que quieren conocer el suroeste
no tiene nada de particular. Conozco muy bien
la zona, las agencias saben que soy uno de los
mejores. He ido solo y con amigos, llevando casas
de campaña y mochilas al hombro. He ido con
naturistas y ecologistas, buscando las diversas
variedades de orquídeas y aves silvestres que
aparecen por esas lomas del Bahoruco. He llevado
turistas a las hermosas y difíciles playas desde
Barahona hasta Pedernales; al Lago Enriquillo,
a Las Marías, a Las Barías, a La Zurza, a la
Laguna de Cabral, al Polo Magnético; ¡qué sé yo!,
a todas partes. Conozco muy bien la zona, me
gusta la región. Además, ¿qué podían ocultarme
estas gentes a mí? No se va en Semana Santa por
esas rutas sólo a ver. De eso también sé, viene
con el  trabajo. Pasarme esos días por áreas que
aprecio como ideales y el buen augurio de una
posible compañía femenina era todo lo que podía
interesarme a esas alturas del viaje. Del fatídico
viaje, debo decir.

II

Me deslumbró, ya lo dije. Parecía un cuadro de Severino, una novia de Ogún. Y si algo tenía claro es que ella no era de ese grupo, aunque anduvieran juntos. Pero yo no le era indiferente tampoco. La empatía que nos envolvió era tan evidente que no hubo quien no lo notara. Al principio, tuve temor de la reacción de Edith. Uno debe tener cuidado de no crear ambientes difíciles cuando anda en estos oficios. Temor infundado, aprentemente.

- Tú le caes bien -  me dijo en su machacado inglés sureño, cuando paramos para descansar y usar los baños en el Cruce de Ocoa. Sí, nos gustabamos, era harto evidente. Daró me tenía al garete con una de relajitos y risitas cada vez que Linda se me acercaba para que le abundara sobre lo que sea que viniera   hablando, de los lugares de interés que veíamos en el pedazo de ruta recorrida, o con cualquier otro pretecto. Lo que ahora me parece como una increíble premonición fue aquello que también me dijo la doña, casi a seguidas, sin esperar respuesta siquiera

- No te lo tomes muy a pecho- como si ya supiera lo que venía. Estabamos a mitad de camino. ¿Qué me iba yo a tomar a pecho aquello? Para mí, era asunto de ganarme unos pesos y lograr resolver con esta chica a como diera lugar. Cuán equivocado estaba. Esta muchachita se me fue adentrando, me fue abordando tan clandestinamente, que cuando quise reaccionar, ya era más que tarde.

¡Ah, la vida! ¡Ay de este tiempo anárquico que nos arropa en su girar maldito! ¿Cómo adivinar lo que vendría? ¿Cómo negarme a lo que fuimos Linda y yo en ese tiempo sin mesura posible?

¡Ay de la vida!

III

Mi plan era conquistarla como fuera.

Con tal propósito, no escatimé esfuerzo alguno
desde el mismo inicio del viaje que nos tocó
compartir. Muy adelantado iba en mis propósitos
al momento de llegar al hotel de Barahona,
el único que ofrecía facilidades mínimas para
alojar a unos viajeros que, a todas luces, no eran
cajuiles.  Trece, incluyendo a Linda, y habían
preferido pagar el alquiler de un autobús grande,
a pesar de la notable diferencia en costos. Yo no
tenía problemas, era mucho más comodo para
mí. Además, así podría contar con la excelente
compañía de Daró, quien conoce más que yo estas
rutas. Tremendo auxilio, puesto que el viaje no
era exactamente a Barahona, sino a Polo, y para
subir allá hay que saber bien por dónde se anda.
Peor, yo tenía la sospecha de que adonde íbamos
no era ni siquiera a Polo.  Luego, lo confirmé.
Daró me aseguró que su guagua subiría, había
hecho el viaje en otras ocaciones, cuestión que
me tranquilizó bastante. Como quiera, Polo, o
donde fuere, era una pesrpectiva lejana en esos
momentos. Yo sabía que lo que ellos querían ver
no sería posible sino hasta la tarde del Jueves
Santo, minímo, y apenas era martes. Así que
tendría de por medio un buen par de días francos
para dedicárselos enteramente a Linda.  Cuestión
que me agradaba un mundo.

Sin embargo, estaba un poco atribulado entonces. Había venido hablándoles, en el camino, de Lemba, de Enriquillo, de los Manieles, de las rebeliones de esclavos, entretejiendo historias, sacando de abajo; mostrándoles un poco de la desgraciada vida de estos dos héroes casi olvidados de las razas negra e indígena, quienes compartieron época, espacios y hasta enemistades; intentando distraer su atención sobre esas montañas peladas y lo agreste del paisaje. Estabamos atravesando la Sierra de Martín cuando Linda de nuevo vino a interrogarme y a hacerme notar la paupérrima condición de vida de esa gente de por ahí. Cierto. Uno, de tanto ver, deja de notar. ¿Cómo vive esa gente en esas chozas desaliñadas, hechas de tejamaní, lodo y cal?, como si se hubieran quedado en el tiempo de la colonia. Aún ya instalados en el hotel, con el mar y otras montañas como paisaje, no lograba sobreponerme al sombrío estado de ánimo en que había quedado por la triste visión.

Luego de colocar mis cosas en la habitación, me fui al balcón buscando paz y un poco de aire marino. Por un momento, me perdí en la contemplación de los bañistas en la playa del Guarocuya. Linda estaba abajo, con Daró, me hacía señas para que me les uniera. Vestía un

traje de baño de pocas telas que le quedaba de
maravillas, ¡compadre! Tengo bien presente
el momento, porque a partir de ahí, las cosas
tomaron un derrotero marcadamente distinto, por
su intensidad. Nada, absoluntamente nada, fue
más importante que Linda para mí. A tal punto
de que cuando esa doña vino a hablarme, días
después, de que teníamos que partir para Polo, yo
hice lo indecible para disuadirla, o, por lo menos,
para lograr que nos dejara a nosotros; convencido
de que ese era un propósito de ellos y nadie más.
Qué lejos estaba de la verdad.

- Ella tiene que venir - me repetía en
su imperturbable inglés, con una tozudez
injustificable para mí, que no entendía nada de
nada. Era sólo ella quien me hablaba, por lo tanto,
la asumía como la jefa del grupo. Todos, unos
anodinos, sin rostros; poco o nada los había visto
desde que llegáramos. Como si me importara
algo. De ellos, Edith era la que me intrigaba:
huraña, escasa de palabras, con esa rara cualidad
de estar sin estar o viceversa. No había forma
de obviarla, como a los demás. Creo que no la
unía ningún lazo familiar con Linda; a lo sumo,
un oscuro pasado de convivencias que, según
ella, se remontaba a los años en que su madre
había sido sirvienta en la mansión de Edith, en

el sur. Linda nació y se crió en esa casona de New Orleans, aunque la había dejado unos años atrás, antes de su mamá morir, cuando le tocó ir a la universidad. Ella no era de ese grupo, creo que lo dije. Había una soltura, un regocijo por la vida, una sensualidad, que no les era, ni por asomo, inherente a los otros. Mucho menos a Edith, mujer sin vida. No podía haber, conforme a lo que entendía, otra razón de este viaje para Linda que no fuera el de, finalmente, conocer la tierra de su madre, quien había nacido cerca de estas montañas. Ni siquiera me pregunto cómo llegó a New Orleans, la vida da muchas vueltas, lo sé. ¿Por qué, entonces, el interés de esta mujer para que Linda fuera a Polo con ellos? Ya tendría tiempo de preocuparme. En ese momento, estaba en Linda y nadie más.

- ¿Le tienes miedo al agua? - me preguntó, riendo, cuando finalmente me decidí a bajar con mi traje de baño ridículo. Tenía la risa fácil, me encantaba oírla reír; se reía por cualquier cosa, en cualquier momento. Daró había hecho sabio mutis, no sin antes guiñarme un ojo cómplice. Ya todo estaba claro entre ella y yo, y él lo sabía, pero yo debía tener cuidado. En la güagüa, cuando venía a sentarse a mi lado, me había permitido una que otra caricia atrevida y hasta varios besos en la mejilla y en la comisura de los labios, aparentemente inocentes. Así que sabía a lo que íbamos cuando, finalmente, entramos a esa playa horrible del hotel y ella se hizo la que tenía frío, para que yo la abrazara. Teníamos claro el asunto, pero yo no podía lanzarme como un loco: ¿y los otros? ¿y Edith? ¿y el trabajo? Había que tener precaución, pero, ¿cómo? Esa negra estaba esplendorosa, apetecible. Tan sólo verla desde el balcón, medio desnuda, me había provocado una erección del tamaño de la Sierra de Neyba. Ella lo notaba, claro, y todo el resto de la humanidad que se reunió ese día en la playa, también. Difícil, el asunto. Nos fuimos lejos de la orilla, cerca de los islotes, y ahí empezó mi delicioso calvario. Y pensar que no fueron más que dos o tres días. Desde ese momento, anduve como embrujado, muerto de amor por Linda. No recuerdo días más pletóricos, más felices, más pecaminosos, más placenteros.

¡Oh, tiempo anárquico, que nos envuelves en tu vorágine engañosa! Porque por nada del mundo pensaba que lo de Linda y yo tenía que acabar alguna vez, envuelto como estaba en ese tiempo total, ese absoluto tiempo, que era ella para mí. ¿Cómo llegamos a adentrarnos tanto en tan corto período? No lo sé. Ahora ya no hay más vida, sólo el dolor. Ahora que no la tengo, perdida toda esperanza. Ahora que es de noche, llueve a cántaros y estamos en el autobús, en el viaje de regreso, sin que Linda ocupe su mismo asiento. Creo que está atrás, con los otros, pero no me atrevo ni a preguntar. Quisiera olvidar, dormir, por lo menos, pero no puedo. Todo vuelve a mí con una insistencia enfermiza, alocada, sin darme ni un minuto de tregua.

IV

Era bien entrada la tarde del Jueves Santo cuando llegamos al Batey Central, en las cercanías de Polo. No tardó en oscurecer. Estabamos en lo más alto de la Sierra del Bahoruco. Bello paisaje aquél, se divisaba toda la Hoya del Lago Enriquillo y la vegetación era tupida y rica en arboles frutales. Hacía frío. Increíble, media hora más abajo está la zona más caliente y desértica del país. Pero lo que llamó inmediatamente nuestra atención fue el ga-ga, con su música ruidosa y su particular colorido. Para Linda resultó impactante, como una revelación. Tan pronto bajó de la güagüa y ubicó de dónde provenían los toques de

atabales, se tiró al ruedo, a bailar como loca.  Lo
llevaba en la sangre, ya yo lo había comprobado:
la herencia es un fardo muy pesado. En el
tiempo que llevábamos juntos, raras veces nos
quedábamos en el hotel. Preferíamos ir a comer a
las fondas de los lados del mercado o a los bares
de la Zona del Puerto donde tocaban los grupos
de Pri-Prí. Para mí,  Linda era una sorpresa.
Constatar su reguste por éste o aquél plato; su
evidente disfrute con esos sazones típicos del
pecao con coco, hígado con yuca, chivo con
casabe, patica de puerco, sancocho, arroz con
habichuela y qué sé yo cuántas cosas más, era
muy gratificante. Pero no lo era más que verla
bailar: esa negra era un soberano espéctaculo,
cuánto swing, madre mía. Con todo, hasta ahí, yo
me las había arreglado para bañarme sin mojar la
ropa. No es que me sirviera de mucho,
pero tenía mis razones.

Aquello era muy contagioso. Yo había
perdido de vista a Edith y al resto de los
americanos, al rato de llegar.  Así que aproveché
para soltarme también. Alcancé a Linda, que ya
iba lejos, acompañando al resto de la Cofradía,
que desfilaba siguiendo a los músicos por todo
el batey y las zonas cercanas. Bailábamos y
bebíamos al mismo ritmo que ellos, que no

parecían cansarse nunca. Pero nosotros sí quedábamos rendidos de rato en rato, teniendo que parar de bailar e irnos a sentar en cualquier lugar. Entonces me acribillaba a preguntas, en su absurda suposición de que yo todo lo sabía. Y me veía obligado a explicar que esto era un Fotuto y aquellos los Palos, y estos que bailan así, con pitos en la boca y pañuelos multicolores enrollados en la cintura son los Mayores, y esta, toda pintarrajeada, es la Reina. A veces, inventando, las más, pregunrtando, porque mucho de eso era nuevo para mí también.

Ya no quedaban ni trazos de mis inhibiciones. El desenfado de Linda y la actitud abierta de toda esa gente habían arrasado con mis miedos; además del clerén ingerido, naturalmente. La prieta me arrastraba de un lado a otro, dependiendo de dónde hubiera más acción. Estaba frenética, obnubilada, sudorosa, alegre, coqueta; me complacía verla tan llena de vida. Nos habíamos hundido en ese ir y venir, en ese beber y bailar; estábamos muy excitados. Zanguluteaba el cuerpo de tal manera que no había Reina que compitiera con ella. Era tanto su ritmo, tan acompasados los movimientos de su cadera, que los Mayores optaron por venir a hacerle la ronda, considerándola una más

del grupo. Yo estaba feliz, me moría de la risa
tan sólo de verla ejecutando esas increíbles
cabriolas, remeneando las nalgas, incitante,
obcena. Se les acercaba, provocadora, para luego
escabullírseles con pasos elegantes, sin botar el
tempo; escudándose en mí, que le hacía el juego,
alebrecado yo también. Los demonios andaban
sueltos esa noche, sí señor.

La música aplacó al filo de la media noche.
Linda me miró desde donde estaba y no hizo falta
decir nada más. ¿Qué más había que decir? Hace
rato que esperaba ese momento con creciente
ansiedad. Yo era otro, me desconocía, estaba
dispuesto a cualquier locura. Me la llevé a un
bosquecito cercano, donde no llegaban más que las
sombras de las jumiadoras. No había vuelto a ver
a Edith desde que llegamos. ¿A quién le importaba
ya? Linda se quitó la ropa sudada. No era sorpresa
que no tuviera sostenes, casi nunca los usaba, pero
sí lo fue que tampoco llevara nada más debajo de su
vestido blanco de algodón. Se inclinó para tenderlo
en la grama. No pude aguantar la visión. Vestido
aún, mis manos no esperaron ninguna orden para ir
a aprisionar lo que se me ofrecía. El corrientazo casi
me paraliza. Empezó a trepidar: un temblor eléctrico
le comenzó en las nalgas y se extendió por todo el
cuerpo. Yo lo agarraba entero, goloso, reconociendo

el terreno, posesionando. Mi lengua recorría su cuello, la espalda sudorosa, salada. Antes de llegar al meollo, le pedí que se diera  vuelta y la recosté sobre su vestido. Busqué en el bolsillo de atrás del pantalón la botella de clerén que no habíamos acabado de beber. Tomando buches en la boca, la fui rociando  por todas partes, como a los gallos, para luego beberlo en ella. Y me detuve largamente en su sexo, mordiendo suavemente, chupando, lamiendo. Linda se apoyaba en sus codos para ver y aguantar firme; trepidaba y gemía; hablaba en lenguas; me maldecía: maldito, desgraciado, maricón. Yo me la quería comer, tragar; mi lengua no tenía descanso, no quería descanso. Cuando ya no podía más, cuando se iba a venir irremediablemente, apretó mi cabeza con fuerza y casi de una vez, soltó un largo suspiro entrecortado. Luego, se dejó caer de espaldas, jadeando, inmersa en su cresta eterna. Yo estaba todavía excitadícimo y ella sólo empezaba, pero no sabía hasta dónde podría aguantar. Me había quedado embelesado, mirando esa maravilla de la naturaleza, en el momento en que llegaba tan sólo a su primer orgasmo; con tal intensidad que ningún hombre podría soñar tenerlo ni siquiera una sola vez. Y ella acababa de comenzar. ¿Hasta dónde podría llegar?  Porque había otro asunto que ya yo conocía y que todo el ron del mundo no me haría obviar. Linda era virgen, me di cuenta desde el primer día en la playa.

Preferí hablarle: le expliqué que no era necesario que hubiera penetración; que yo podría procurarme un orgasmo como fuere; que, igualmente, me era posible llevarla a ella también a otros; que mucho había gozado viéndola y sintiéndola gozar. Pero Linda no comía cuentos esa noche. Ella sabía, porque yo, de estúpido, se lo había contado, que lo que pasaba era que me daba terror la primera vez de las mujeres; que era muy difícil lograr traspasar esa cueva estrecha sin uno caer vencido en el intento; que me moriría de la vergüenza si no daba la talla con ella. Linda no comía cuentos esa noche y me lo dijo. Me hizo parar y buscó entre mi braguera lo que le interesaba. Lo miró primero, como reconociéndolo, y entonces, con la punta de la lengua, humedeció la cabeza del caobo; luego, se lo fue entrando en la boca, torturantemente lento; saboreándolo, chupándolo como si fuera caramelo; metiéndolo y sacándolo, acelerando cada vez más. Yo no encontraba de dónde agarrarme, cómo evitar el torrente. Entonces, la levanté por los brazos, cubrí su boca con mi boca, sacándole lo que de mí se quería llevar. Lamí su cuello y mordisqueé sus pezones; fui de uno a otro seno y luego, acercándolos con la presión de mis manos, le chupé los dos al mismo tiempo. Ahora ya sí. Si eso era lo que quería, lo iba a tener. La tiré sobre la llerva, separé sus piernas y le di unos lenguetazos en el toto, para humedecerlo; la clavé en su centro, la partí en dos: Linda lloraba, gemía de dolor y de placer; no me dejaba separarme, me agarraba por las nalgas y me halaba contra ella, imponiendo el ritmo: un baile redondo, un pax de deux en círculo; loca por llegar conmigo, no me dejes, no me dejes. Era demasiado, era mucho para mí: le dije todas las palabras sucias inventadas y por inventar: la llamé puta, cuero, malnacida, hija de su madre, maldita; pero ya yo no tenía aguante: esa cueva, ese abismo estrecho, esa sangre tibia... entonces apareció la otra, diabólica, transfigurada:

-Ven, ya es hora-. Linda empezó a temblar al istante. Edith le hablaba como si yo no existiera. El brillo de las estrellas dejaba entrever el fuego de sus ojos.

Allá, por los barrancones, ascendía de nuevo el barrullo de los palos, la melodía pastosa de los coros femeninos y uno que otro grito fuera de compás, de alguien caído en trance. Desde entonces, otra ha sido mi suerte.

V

El lugar era uno de los cuartuchos del barracón, iluminado como para un entierro. Al frente de nosotros, que nos habíamos quedado en la parte de atrás, cerca de la puerta, se veía una mesita pegada a la pared, repleta de litografías de santos, velones, refresco rojo, maní tostado y otras cosas que no pude precisar. Afuera, los músicos subían de tono al mismo tiempo que los cánticos:

CANDELO, CANDELÓ
CANDELO, CANDELÓ
EH, EH, AH.


Y los bailadores en su ronda.


Adentro no había tanta gente: los americanos, arrodillados a uno de los costados, con velas prendidas en las manos y como idos; gente del lugar, con la misma expresión de ausentes y vestidos estrafalariamente; Daró, muy cerca de nosotros, también asistía al espectáculo. Al rato, sobrevino un silencio espeso. Entró Edith, esparciendo incienso por todas partes, y detrás de ella, este hombre de rojo entero, con un cigarro en la boca y un pañuelo igualmente colorado,

amarrado en la cabeza.  El hombre se sacudió,
elevando en sus manos un gallo sangrante,
sin cabeza, en ademán de ofrecimiento. Un
incontrolable temblor recorrió el cuerpo de Linda,

que estaba adherida a mí con fuerza. Edith pasó
a segundo plano: el haitiano se hizo dueño de la
escena. Con él, con su movimiento, vibraban los
otros; acompasados, elevando cánticos y plegarias
en creole. Los palos volvían a sonar, frenéticos,
el calor ascendía. El haitiano se retorcía, bajaba,
subía; gritando, aullando; golpeándose el pecho,
desgarrándose la ropa; caía al suelo, tirado por
fuerzas no visibles; se levantaba, luchaba, volvía
a caer.  Los músicos golpeaban inclementes los
cueros; las mujeres se desgañitaban en los coros.
De pronto, el haitiano se detuvo, contrariado,
colérico,
algo fallaba.


- ¡Me tan pasando corriente! - envolviendo
el contorno con su roja mirada  que se detuvo en
nosotros.


¡Despéguense, despéguense! – recuerdo
haber oído que nos gritaba Daró, al momento que
alguien se desprendía del grupo y nos separaba de
un manotazo.  Quisiera no recordar lo que siguió;
quisiera poder borrar de un  golpe eso todo, que
me ha estado dando vueltas y vueltas en la mente,
con una recurrencia de pesadilla, de horrible
pesadilla.

Tan pronto nos separaron, Linda fue
derribada por no sé qué violento poder fuera de mi
campo de entendimiento. Se levantó enseguida,
como empujada por resortes, sin darme tiempo
a reaccionar. Al punto, se trastocó: el cambio
era visible: el rostro, la expresión del cuerpo, se
tornaron toscos; me echó a un lado sin cuidado
alguno, con una fuerza que le desconocía. Se abrió
paso violentamente, para enfrentarse al haitiano,
despojándolo del cigarro, resoplando, hablando
grueso: "quítenme esta ropa, quítenmela",
desnudándose ahí mismo, frente a todo el mundo
y forzando al otro para que
le entregara la suya.

Daró me tenía agarrado, porque a pesar de
mi estupor, hice esfuerzos por liberarla de esa
fuerza maligna. Por un efímero instante, lo juro,
Linda trató de volver a mí; me adelantó una de
sus manos, sus ojos suplicantes. En vano: esa
fuerza la zarandeó, la tiró de nuevo al piso, la
hizo golpearse contra las paredes, hasta sangrar
profusamente. Me violenté, era demasiado, era
mucho más de lo que podía aguantar: logré
soltarme de Daró, sólo para que otros brazos
me aprisionaran. Luché desaforadamente por
llegar hasta donde la veía debatirse ella también,
tratando de zafarse: estaba llena de rasguños y

moretones, la sangre le descomponía el rostro.
¡Oh, Linda, mi Linda!

Di un grito largo, al momento de caer en un
hoyo profundo, negro. Del otro lado, Edith se reía
complacida.

Más, no recuerdo.

cn.  1984-85

126

# EN BLANCO

# SÓLO TU OLOR

EN BLANCO

# Sólo tu olor

-       Levántate, ¿piensas dormir todo el día?
– su madre le hablaba desde la puerta.

Bajó, achicando los ojos frente a la poderosa
luz solar que entraba por las ventanas del
comedor. Era media mañana, el desayuno lo
esperaba, humeante.

-    ¿No tienes juego hoy?

-    Es muy tarde. ¿Por qué no me levantaste?

-    A ti no hay que levantarte para eso. Luces
     cansado. ¿A qué hora llegaste anoche?
     No te sentí.

- Algo.  ¿Vino alguien esta mañana?
  – fijando la vista en el sobre colocado en
  la mesita del teléfono. Trató de quitarle a
  sus palabras cualquier emoción.

Su madre fue a traer el sobre. Adoptó esa
pose peculiar que asumen las madres cuando
quieren hacer creer que nada saben de lo que
tanto conocen.

- Carmen estuvo aquí bien temprano. No
  quiso que te despertaran -. Lo colocó
  sobre la mesa grande y volvió a la cocina.

- ¿Quieres más jugo?

- No

Querido amigo (aún no sé si te puedo llamar de otro modo):

No podría tratarte lo que te voy a decir personalmente. Sabes (porque me conoces mejor que nadie) que me la he pasado intentando hacerle creer a todo el mundo que me eres indiferente; que más bien te aborrezco. Creo haberlos convencido. A ti nunca, para mi suerte. No sería de mi estilo venir ahora a decirte estas cosas frente a frente. No tengo el valor. Sí, soy cobarde. Me lo has dicho mil veces. También sé que eso es lo que menos te gusta de mí, pero, ¿qué le vamos a hacer? Así es que soy. ¿Por qué no fuiste al ensayo ayer tarde? Doña Monina por poco se muere del pique. Pusieron a Raúl en tu lugar. No resultó. Ahí también el gran engaño: El profesor Taveras cree que yo actúo bien. Y creo que todos los otros, pero no es así. Ayer me di cuenta. Depende de si tú estás o no estás (¿Shakespeare? Ja ja). Me parece una feliz casualidad que siempre nos toquen los papeles principales. Antes, gozaba molestándote, cambiando los diálogos o tergiversando los pies de entrada. Ahora, ya no: me cogiste el truco: nos armamos unas tremendas improvisaciones que me gustan muchísimo. ¿Te acuerdas cuando lo hicimos en vivo, en la obra de las aves? Terminamos mezclando todos los papeles, con pío pío, cuá cuá y todo... qué gozadera. Lo malo es que le dañamos el juego a los otros, que se quedan como unos alelados, y el profesor terminó queriéndonos matar. No soy buena actriz: Actúo para ti. En realidad, eso es lo que he hecho siempre: actuar: frente a ti, atrás de ti, arriba de ti, donde quiera de ti... y así. Ya no creo que pueda.  Después de lo de anoche, ya no creo que pueda. Aunque no sé... bueno, mejor sigo.  Cené con la familia y luego me fui a leer a mi cuarto. Ahora siempre leo, sobre todo, después de que me hiciste pasar esa tremenda vergüenza en el curso, porque no conocía a no sé cuál pendejo autor. Desgraciado, te quería matar. Leo aunque me quede dormida con el libro abierto sobre el pecho, no te voy a dar ese gusto otra vez. Tampoco te creas la gran mierda porque tú toques el saxo ése. Te anuncio que estoy tomando clases de piano con Doña Monina, y lo que me gusta, por

si se te había ocurrido, ¡ja!  Dejé  abierta
la ventana que da al patio de tu tía anoche,
otra vez. Me gusta sentir la brisa fresca
que sopla en estos tiempos.  Había luna
llena y antes de tú entrar (eras tú, no me lo
niegues), ya estaba casi dormida. Es raro,
casi nunca hablamos, tú y yo. Hay miles
de cosas que nunca te he contado que, sin
embargo, vivo conversándolas contigo en
mi mente. Por ejemplo, estoy segura que
no te he dicho que en las noches de luna
me entretengo inventándome fantasmas y
monstruos con las sombras que ella forma
al entrar a mi habitación. A veces, logro
aterrorizarme de veras, pero tú siempre me
salvas. Vienes de la nada y me salvas, mi
caballero andante, mi Don Quijote.  Por ello,
mi duda: ¿eras tú o no eras tú? ¿O fue que
volví a imaginármelo todo?  No, no. Esta
vez no. Estaba ya dormida cuando entraste,
pero algo, no sé, tu olor quizás, me hizo
abrir los ojos. Estabas ahí, parado, parecías
uno de mis fantasmas de la penumbra. Me
dio risa verte tan indefenso. ¿Sabes que das

la impresión de que nunca dudas, de que
no temes a nada? Bueno, no era el caso, mi
amor. Tuve que llamarte para que vinieras
donde mí. Te llamé y viniste, sumiso,
como si fueras mi gato o algo así. Todavía
no lo creo. ¡Qué noche! Te agradezco
infinitamente tu cuidado, la paciencia y
la dulzura con que me trataste. No se me
escapa que estás al tanto del pavor que
nos causa a todas la primera vez. Gracias.
Nada hago con contarte el resto, estabas
ahí, estoy segura. Pero he dormido contigo
tantas otras veces y luego no te encuentro
al despertarme. Hoy  tampoco estabas.
Sólo tu olor, impregnado en mi cuerpo y la
almohada.

Tuya,

Carmen

# EN BLANCO

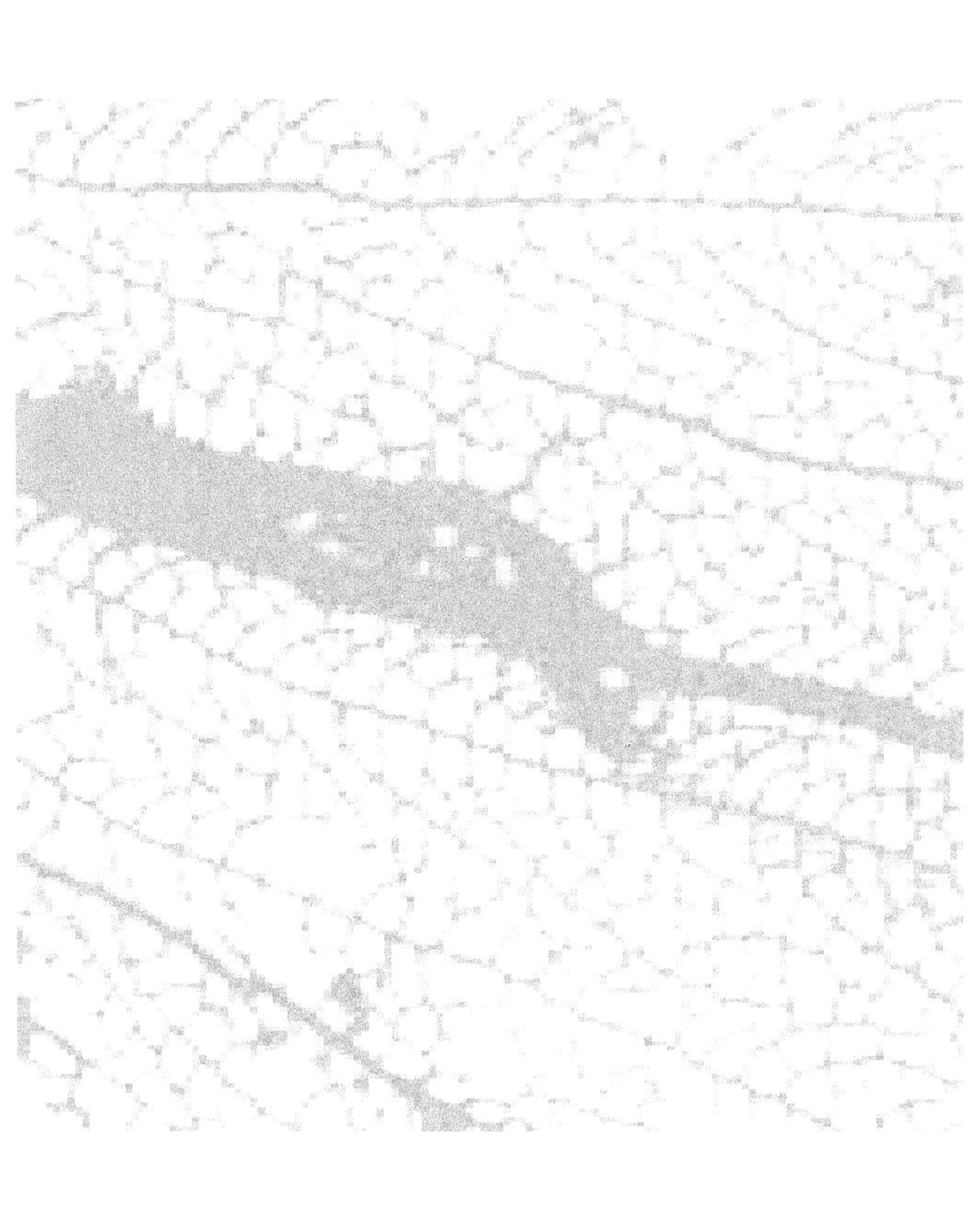

# VOLVER

# A

# JUN-

# Volver a Juntarse

Love is
short and
tragic

El primer ruido lo sintieron cuando, cansados de esperar la luna salir, ella le pidió que entraran puesto que el momento comandaba otras urgencias. Fue como un deslizamiento violento de rocas. Se sobresaltaron, sorprendidos en sus escarceos iniciales. Diego, contrariado, tanteó por todos los rincones de la tienda de campaña buscando la linterna. Se cubrió como pudo y salió a ver lo que era refunfuñando, sabiendo de antemanos que no era nada, que nada encontaría. Para calmar a Rebeca, que lo había seguido tan  pronto sintió el peso de la soledad, buscó y rebuscó por todas parte: cerca de la desembocadura del río; detrás de los promontorios de enormes rocas pegadas a la falda de la loma; en la arena gris de la playa...estaba nerviosa, así que hizo todo lo posible por calmarla. No quería que por nada del mundo se rompiera la magia de esa noche, la bonanza del reencuentro.

Ya de vuelta, ninguno de los dos tuvo ganas de recomenzar el juego amoroso. Hablaron un poco en lo que volvían a tender las colchas en el suelo de la tienda. Al rato ella quedó dormida, lo supo por la respiración acompasada y rítmica. Entonces él, que había estado gastando palabras para convencerla de que nada pasaba, se descubrió inquieto. No tanto por los ruidos que son bien comunes en estas acampadas, ni por el incidente anterior, más bien por lo otro, el estado anímico de Rebeca, sus nervios. Podía malograrles el viaje. Ya le había pasado antes que cualquier malentendido, cualquier pequeñez, se convertía de repente en algo muy grande difícil de controlar. Un tono de voz equivocado, una palabra puesta en lugar incorrecto, cualquier cosa. Había puesto tanto esfuerzo y buena voluntad en este volver a juntarse que no quería ni pensarlo. Quizás el lugar era un poco osado, demasiado retirado: no se veía gente si no en los caceríos en la colina, del otro lado del río. Creía que era mejor así, sin embargo. Su amor, tormentos y contradictorio , necesitaba de esas soledades para abrirse libremente, para manifestarse limpiamente, después de tanto andar y desandar cada uno por su lado. No quería ni pensarlo.

La llamó esa mañana muy temeroso de su negativa, hacía tiempo que no sabían de cada cual. Su tono alegre le quitó el susto. Era una buena estrategia: proponerle el viaje del que siempre habían hablado y querido hacer. Recorrer esas lomas y esos valles; esos ríos y esos mares; hundirse en la carretera. Ambos gozaban de la naturaleza como nadie. Acamparon, a poca distancia de la ribera. El mar se dejaba oír estruendosamente, ya desde la carretera se podía evidenciar la majestuosidad del lugar. La belleza del paisaje les había moldeado el ánimo. Lejos quedaron las asperezas de otros desencuentros.
El segundo fue más fácil de identificar pero no menos perturbador. Una rama llena de almendras secas se desprendió estrepitosamente, cayendo sobre la casa de campaña en momentos en que ya dormían. Rebeca brincó del susto y Diego tuvo que dedicar buen rato en calmarla. Le acarició los pelos, los ojos, las orejas, el cuello. La besó con ternura muchas veces como si fuera

una niña, hasta que la logró dormir de nuevo. ¡Qué vaina! ¿No habría sido arriesgado traerla tan lejos, y solos? ¡Qué vaina! Salió moviéndose con sumo cuidado para no despertarla. Buscó leña de la que habían almacenado en la tarde antes de bañarse en el charco gélido y atizó la fogata ya lánguida. Había perdido el sueño, era mejor ocupar el tiempo en algo útil. Se dedicó a recoger el reguero de trastes de la cena y los colocó en una de las esquinas francas de la lona. La luna ya había salido. Caminó un rato por la arena, extendió la vista hacia el poblado. Había jolgorio. Aún a esa distancia distinguía, por pedazos, el tum tum de la tambora, el rasgar de la güira y la ronquera del acordeón. No tenía que verlos para imaginarse la bebentina sin fin y el desorden de los bailadores en esos pisos de tierra de la enramada. Cuando volvió a la tienda, acercó a su esquina la escopeta de cartuchos y el machete recortado antes de acostarse de nuevo. Irónico, nunca había pensado en estas armas como para usarlas en contra de nadie. Le gustaba la cacería y también llevaba sus cañas de pescar: ambos instrumentos se justificaban. Sabía que por esos lados abundan las palomas cimarronas y los rolones, los patos silvestres de las lagunas y hasta las cotorras. Tenía la esperanza de lograr un buen locrio. Sacó de la mochila el paquete de cartuchos y lo puso junto al foco al alcance de sus manos.

Hubo otras circunstancias que él sólo captó entre sueños. Una fuerte ráfaga de viento que originó el súbito ascenso de la fogata, iluminando todo el interior con sorpresivo resplandor; más almendras cayendo; un violento aguacero ya bien entrada la noche. Con todo, el tercer ruido no dio pie a ningún tipo de confusión. Captó los pasos desde que oyó el chapoloteo cuando cruzaban el arroyo por el lado bajito. Tuvo tiempo de sobra. Eran hombres, no distinguía cuántos. Montó en la penumbra dos cartuchos en la recámara. Se acuclilló. Las voces le llegaban débilmente, daba trabajo captar la conversación, el viento estaba en contra. Forzó el oído.

- Están  en el quinto sueño. Esto va a ser fácil – . Ya no tuvo dudas. Esperó en guardia a que intentaran entrar. Rebeca dormía, tanto mejor. Llegado el momento no tenía ni asomo de miedo. Aún le quedó tiempo para escucharlos rondar torpe y ruidosamente la casa de campaña, buscando por dónde entrar o qué robar.

- ¿Quién anda ahí, coñazo?- gritó, dándole un planazo en la cabeza al primero que se asomó.

Y fue la hecatombe y el griterío. Salió sólo para ver que ya iban lejos, huyendo desordenada y alocadamente, tropezando a cada paso, cruzando el río a todo tropel, mirando para atrás, temerosos de que los siguieran. Se rió con ganas, aliviado. Los siguió con el foco hasta que los vio perderse más allá, en la penumbra de la aldea. "Esos no vuelven" se dijo riéndose a carcajadas. De repente, sintió que algo se movía a sus espaldas. Supo al momento que era Rebeca, pero tuvo esa estúpida necesidad de fanfarronear. Saltó, girando sobre sí mismo, como en las películas de vaqueros, quedando de frente a ella, apuntándole con la escopeta

- ¡Ja!-. No calculó ni la mitad de lo que iba a suceder. Ya sea porque su dedo lo moviera inadvertidamente, o bien por lo delicado del mecanismo, al caer, el gatillo se accionó. A esa distancia, el impacto fue tremendo. Rebeca fue levantada en vilo, yendo a estrellarse sobre la casa de campaña, que cedió a su peso.

- ¡Coño, Coño! -. Corrió donde estaba, para encontrarla bañada en sangre, inerte.

- ¡Coño! -. No sabía qué hacer, no se atrevía
a tocarla, no encontraba dónde meterse.


- ¡Coño, Coño! -, lloraba, histérico,
maldiciéndose, se mordía los labios, moviendo
los ojos de un lado para otro a una velocidad
pasmosa, a punto del desfallecimiento.


De pronto, lo abatió una calma terrible,
sólida. Cayó de rodillas a su lado y sin que
le cruzara pensamiento alguno por la cabeza,
ni emitiera ningún quejido, se clavó el filoso
machete en el estómago. Se desplomó.

El caliente del sol mañanero la sacó de
sus brumas sólo para enfrentarla a la pesadilla.
Rebeca tenía desmigajado el brazo y el hombro
izquierdo... y a su amado, cruzado sobre ella,
mirándola con ojos desmesuradamente abiertos,
como si estuviera vivo.

cn, Julio '84

# EN BLANCO

# CAFÉ EN EL BAÑO

# EN BLANCO

# Café en el baño

-	¡Dígame!- contestó, molesto y casi dormido, a la impertinencia del teléfono.  Qué cojones, llamar a estas horas.

-	Mataron al Turco esta madrugada – dijo la voz del otro lado, sin preocuparse en identificarse siquiera.

-	¡Mierda! - exclamó.  La noticia lo sacó de golpe de las nieblas del sueño pero no dijo nada más.  En cambio, el auricular pareció tomar vida propia y se le soltó de las manos, para ir a caer con estrépito en la mesita de noche.

-	¿Pasa algo, mi amor? - gritó su mujer desde la cocina.

-	No, no pasa nada.

-	¿Cómo?

- 	Que no pasa nada, te dije. Se cayó el teléfono -. Lo recogió y lo devolvió a su lugar. Se sentó en la cama. Se estremeció al primer contacto de sus pies con la alfombra. Tanteó con los dedos, tratando de ubicar dónde mierda estaban las pantuflas. Se quedó un rato sentado, los codos en las rodillas y la cabeza entre las manos, como si quisiera retener los recuerdos que lo asediaban, llegando al galope a su cerebro. De pronto, se paró, sacudiendo la cabeza, tomó la bata y se dirigió al baño, parándose antes frente al espejo de la coqueta para enfrentarse a su propia figura. No se distinguía casi. Encendió la lámpara. Sí, su misma figura. Estoy más gordo, tendré que volver al gimnasio. ¡Ja!, ¿con qué tiempo?
La habitación estaba fría. Apagó el acondicionado y abrió las persianas para que entrara un poco de aire tibio. El resplandor lo hizo entrecerrar los ojos. No era tan temprano como creía.

En el baño, volvió a recobrar la placidez de las penumbras. Se sentó en el inodoro, más que nada a esperar el café que su mujer le llevaba, como siempre. Pero los recuerdos no lo dejaban tranquilo. Recuerdos de tiempos no tan lejanos, puestos en receso por su propia voluntad. Creía haber dejado todo eso atrás, olvidado. Ahí estaban, sin embargo. Sin darse total cuenta, prendió la luz para buscar su rostro en el espejo del lavamanos...


\- Compañeros, éste no es un asunto de si yo creo o no creo - sentenció, parándose de golpe y golpeando la mesa con la pistola.  Miró firmemente al compañero que había hablado y luego, a todos los otros, uno a uno, hurgando en los rostros su reacción.  Se volvió a sentar, consabido el efecto de sus palabras. Ahora hablaba más calmado, paternal,

\-      Esta no es una vaina para pendejos ni para teóricos. La cosa está muy difícil para pasarse la noche teorizando.

El compañero aludido levantó la mano, pidiendo la palabra. Él siguió hablando,

\-      Se nos ha dado una orden. Yo sólo la estoy informando. ¿Cuándo se ha visto que a este nivel se toman decisiones? -.  El compañero insistía en tomar la palabra.

\-      No hay nada de qué hablar. Mi tarea es repartir funciones. Ni siquiera debí dejar que se discutiera el tema -. La mano seguía levantada.

- Repito – volvió a colocar la pistola en la mesa. Este es un problema de disciplina, compañeros. El que no quiera acatar la disciplina del partido, que se vaya- había subido el tono de la voz de nuevo.

Por un rato, reinó un silencio tenso en el aula universitaria donde se reunían. La luz era escasa a esas horas de la noche. Lo suficiente, sin embargo, como para notar el intercambio de miradas entre el aludido y varios otros. De pronto, el compañero se paró violentamente.  Él atenazó su arma.

-	Mire, compañero...- trató de parlamentar. Lo interrumpió, casi gritando:

-	¡Usted está fuera de orden! ¡No hay más turnos, el tema está lo suficientemente debatido! - se paró también. Ahora estaban de frente. El aludido tragó en seco, volvió a mirar a los otros de su bando. Fue la señal. Se pararon desordenadamente.

- Nos vamos - dijo uno. Pero esto no se queda así – sentenció, amenazante, señalándolo.

-       Se pueden ir, nadie los necesita – sin
perderlos de vista.

-       Un momento, compañeros -  todo el mundo
puso sus ojos en el que hablaba.  Alto, flaco, cara
de turco. Parado frente a ellos y con dominio
absoluto de sí mismo.  Irradiaba respeto tan sólo
verlo.

-       Estamos actuando como muchachos.
Siéntense compañeros. Debe haber algún punto
de coincidencia entre nosotros.  Allá afuera es
que está el enemigo. Aquí se supone que tenemos
objetivos comunes...

El Turco siguió hablando mientras él, sin dejar
de oírlo, pensaba en su legendaria capacidad para
sacarle la vuelta a los asuntos. Sin importar su
magnitud. Lo admiraba de verdad.  En cambio, él
ya estaba harto de tantas vainas...

Se miraba aún al espejo cuando vino su
mujer a traerle el café. Ella se sorprendió de verlo
ahí y no sentado al inodoro. Todavía más, cuando
notó su mirada perdida y que se enjugaba los
ojos con el dorso de las manos, como si hubiera
llorado, cuando viró para asentir al recordarle la
reunión con el presidente del banco.

- Ponte el traje gris - le dijo, un poco
alarmada. Su sorpresa fue mucho mayor cuando
él le preguntó si le encontraba algo raro en el
rostro y ella le contestó que no, no te encuentro
nada extraño; quizás algo más pálido, cariño,
pero eso es porque te acabas de levantar. No te
preocupes tanto, que tú sabes que te hace daño.
Ponte la crema que te trajo tu hermano de Boston,
te disimula bastante las arrugas...

Él pareció no oírla. Fue a mirarse  de
nuevo al espejo, ahora ya convencido. Las
lágrimas vencieron, por primera vez en su vida,
la vergüenza de ser visto llorando, y salieron sin
freno, mojándole las mejillas y los bigotes, para
terminar mancillando la nitidez de la bata de
dacrón blanco que llevaba puesta.

- No, mujer, no es nada de eso -. Se aterraba
él mismo de la magnitud de su conclusión.

-        Es que he cambiado de cara.


cn, marzo-abril, 1981

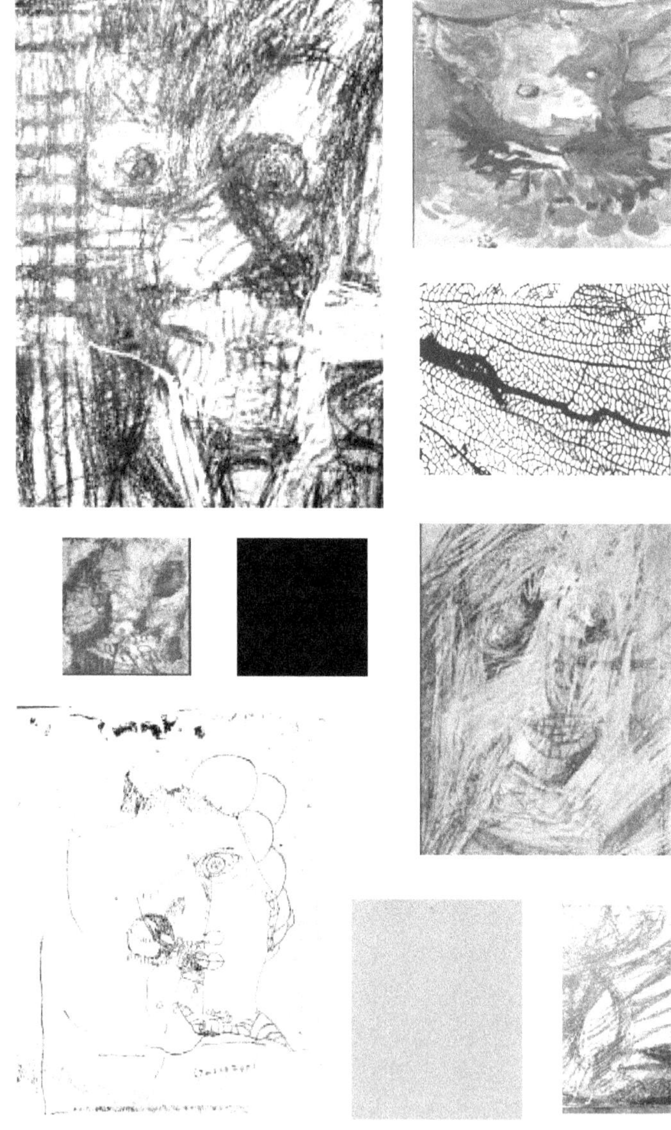

# RE-
# CUEN-

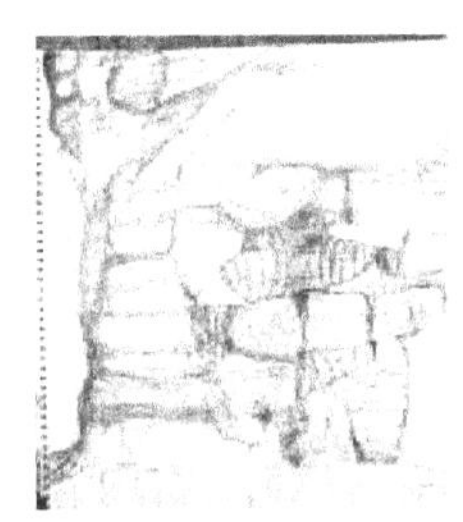

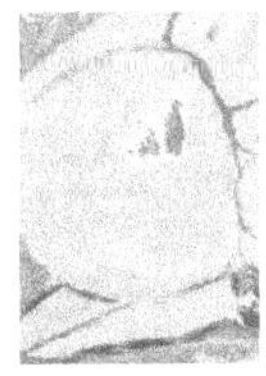

# Re-Cuentos

Alguna vez pretendí ser escritor. Pero no sólo escritor, sino escritor de cuentos. Me leí todo lo que encontré de lo que se ha escrito sobre el género. Bosch, Quiroga, Cortázar, Poe, Chejov y qué sé yo cuántos más pasaron por mi escritorio. No que fuera vana mi pretensión, simplemente perdió fuerza y finalmente, me dediqué a otros asuntos dentro del arte. La mayoría de estos cuentos aquí publicados pertenecen a esa época en la que quería ser cuentista. Sin embargo, no es de esas cuestiones de las que quiero hablar en este recuento. Al fin y al cabo, si han llegado a esta parte es porque se han leído el libro entero y ya tendrán una buena idea de si debí seguir escribiendo o si hice bien en dejarlo. Quería, eso sí, publicarlos. Es el pago de una vieja deuda que tenía conmigo mismo. También me interesa  hablarles de la historia de estos cuentos. Digamos, lo que no es nada original, que cada cuento tiene su historia paralela. Siempre me ha intrigado el asunto de que si a un lector(a) X, uno le pone al lado ambos aspectos de la historia: ¿cuál preferiría? ¿Las dos? ¿Ninguna de ellas? Siendo más optimista, y conociendo que cualquier expresión artística puede ser consumida por un sinnúmero de personas, de disímiles orígenes y situaciones, lo más probable es que lo aquí escrito ayude a captar mejor las historias, a añadirle cierto color. Después de leídas, claro, puesto que no hay nada más perverso que aquellos "estudios" de supuestos "expertos", que nos dicen, antes de leer el libro, de lo que se trata. Es el equivalente en literatura a que alguien nos cuente el final de una película antes de verla. Pero he ahí el mambo: una obra, cualquiera, debe tener suficientes elementos como para explicarse por sí sola. En caso contrario, su valor desciende bastante. Bueno, no es de explicar los cuentos de lo que se trata, no es de escribir otros paralelos. Es, más bien, de caer en lo anecdótico, la naiboa, las sin razones de la razón. Y en este caso, es más que explicable, puesto que en la revisión de estas historias yo mismo he sido el gran sorprendido, he sido otro al leerlas.

He tenido que hacer ingentes esfuerzos mentales para ubicarme en las épocas y situaciones en que estas fueron escritas, por un yo que es sólo reconocible por el mi de ahora, muy parcialmente. Algunos de estos cuentos tienen más de veinte años de haber sido escritos. ¿Cuántos de ustedes recuerdan lo que hicieron veinte años atrás y el por qué de ello? No me lo cuenten, está bien. Piensen nada más, que no había celulares y que sólo algunos(as) privilegiados(as), lograban tener una computadora en su casa. Yo no era uno de ellos. Escribía a mano, hasta que apareció una de esas viejas maquinillas portátiles. Coincidió ese tiempo con "La Embajada", un entorno mágico y de mucho vuelo creativo, donde concebí casi todos estos cuentos. Es el lugar (que compartía con amigos y amigas, jóvenes y lúcidamente irresponsables) donde mejor me he sentido en el plano intelectual y creativo. Ya no existe físicamente, queda en nosotros(as). Ahí se afinaron vocaciones, se descuadraron y enderezaron destinos; ahí se vivió.

II

Mi primer cuento fue "Demasiado tarde". Antes, había escrito cosas que parecían narraciones, uno que otro artículo de prensa y hasta un par de obras de teatro, siendo aún muy joven. Fue con "Demasiado tarde" con el que conscientemente empecé lo que creía sería mi carrera de escritor. La muerte violenta de Amín a mí siempre me causó no sólo un impacto entendible, sino también un sentimiento de culpa, que tomé varios años para ubicar el origen. Creo que es, además, el único de mis cuentos donde realicé una investigación de campo, tal y cual si fuera a escribir un ensayo y no una obra de ficción. Hay que entender, yo recién salía de la carrera de Sociología en la UASD, y aunque no me gradué, sí aprendí (y olvidé) todos esos métodos de investigación e interpretación de la realidad social, sobre los cuales nos pasábamos la vida estudiando. Algo tenía que hacer yo con ellos. Así, fui a parar a Puerto Plata, a importunar a Miriam y a Amincito con todo tipo de preguntas, como si de lo que iba a escribir dependiera la vida de ellos.

O la mía. Aun entonces, sentí que lo único logrado fue revivirles peligrosamente todo lo acontecido, devolverlos a su dolor que, me imagino, debió haberles costado mucho camuflajear. Dicho a mi favor sea que, aunque varié situaciones y nombres, fui de lo más fiel con la historia real. A veces, demasiado fiel. En la revisión de estos días he despojado al cuento de ciertas pinceladas que tenían más que ver con el color de la historia real que con el movimiento e independencia de la ficción. Amín no tuvo una hija sino un hijo (dos); López existió realmente, aunque tenía otro nombre. En mis conversaciones con la gente de izquierda de esos días, la gran revelación fue ese detalle del ex comandante cubano que andaba por el país, ofreciéndole a todo el mundo que dejara el movimiento y se afiliara a la CIA. En un acto de ingenuidad que rayaba en lo suicida, ninguno de ellos relacionaba las matanzas con la existencia de este señor López, o como se llame, no fue el autor del disparo que mató a Amín, justo es decirlo, fue un cabo de la policía cuyo nombre olvidé. De lo que sí estoy convencido es de que fue la figura clave en la represión de los setenta y posteriormente. Los conocía a todos. Quién lo ayudaba desde adentro es la pregunta que nadie ha contestado nunca, aunque no es tan difícil colegir.

En "Montado en su caballo", se unen las históricas figuras de Francis Caamaño y Liborio Mateo. No coincidieron en la vida pero sí en los propósitos. Tanto Liborio como Caamaño combatieron a los soldados norteamericanos en las dos últimas ocupaciones que hemos sufrido. La del 1916, que duró hasta el 24, y la de 1965, que generó la guerra patria de abril. Ahora bien, de Camaaño se ha dicho que uno de sus puntos más oscuros fue el haber dirigido la matanza de Palma Sola, a cargo de los "Cascos Blancos". Es cierto. También cometió otros atropellos y tuvo grandes indecisiones, sobre todo al principio de la revuelta de abril. Los héroes son de carne y hueso, aunque nos duela. Sólo que yo tenía la posibilidad de quitarle de arriba ese fardo a mi héroe personal y quise, en el cuento, darle una justificación a esas fallas: Camaaño fue a Palma Sola porque era su destino ser poseído por el espíritu de Liborio y todas sus indecisiones se debieron a que aún no había logrado entender qué era lo que le pasaba. ¿Pura ficción? Naturalmente. Como quiera, anote las coincidencias entre ambos líderes: profundo sentido religioso, originarios de la misma región (San Juan de la Maguana, de donde yo también provengo: fui amigo de los sobrinos y primos de Francis y hasta jugué pelota con ellos. Mi Nana, Doña Ercilia, era Liborista. Mi padre, jefe de bomberos a la sazón, participó desde lejos en los desgraciados hechos de Palma Sola); ambos combatieron en contra de los marines norteamericanos; Liborio fue emboscado por los americanos en Arroyo de Limón y Caamaño, por tropas del Ejército Nacional, donde no dejaron de oírse órdenes en inglés, cerca de Arroyo Frío; ambos lugares, al sur de la Cordillera Central; y paro de contar. ¿Es descabellado suponer que Caamaño llegó a Palma Sola con un propósito?  A lo mejor…


"Linda" es el más enigmático de mis cuentos. A mí mismo se me escapan razones y los porqués de esta historia. Existen no menos de cinco manuscritos distintos, escritos por mí en diferentes épocas. En uno de ellos, presumo que el primero, la historia tiene un alto contenido intelectual y es posible evidenciar cuánto de mi oficio de entonces está vaciado en él. Yo era guía turístico (aunque uno no deja de ser lo que ha sido, así que debo dejar de hablar en pasado. Todavía aparecen agencias despistadas que me llaman para hacer uno que otro trabajo) y se nota mucho la intención de explicarlo todo a partir de esa perspectiva. La historia es, en esencia, la misma, pero entiendo por qué le fui serruchando pedazos y pedazos a medida que pasaban los años y el ritmo del cuento se iba haciendo más importante que mis desmedidas pretensiones de ser un aleccionador geográfico. El personaje masculino se ha ido desdibujando solo y terminó siendo un sankipanki con alguna luz. Lo que lo sitúa en el plano de lo creíble. En cambio, Linda, en todas las revisiones hechas, pierde muy poco, al contrario, fue un personaje muy claramente delineado desde el principio. Posiblemente sea éste mi mejor carácter femenino. En otra versión, hay una truculenta escena de magia negra, en la cual terminan desapareciendo todos,

Daró, el narrador, Linda, los americanos y hasta la misma güagüa. Demasiado halado por los moños. Sé que mi intención era unir el vudú de estos lados con la Magia Negra que se practica en el Sur del Norte, New Orleans como punto estelar, pero se me fue de las manos en esa escena terrible, que por suerte no llegó a ustedes. Lo que pasa en el Batey de Polo creo que son los mejores momentos del cuento. La de la iniciación de Linda, que es como debió llamarse, si el título no fuera tan revelador, fue una escena que escribí de un tirón y ha recibido muy pocas variaciones. Aún no era común tratar estos asuntos de la cultura negra en la literatura nuestra. No creo que haya sido el primero, claro que no, pero ello explica por qué fui tan descriptivo en lo que tiene que ver con el Ga-Ga, el ritual vuduísta y la ceremonia de iniciación, de la cual la desfloración es parte. Ahí sí que pasé trabajo, todavía tiene uno pruritos para describir con puntos y señales ciertos actos y partes sexuales.

Como ya dije, todos estos cuentos fueron sometidos inmisericordemente al fuego y la tijera; otros ni siquiera llegaron a formar parte del libro. Leyéndolos desde mi ahora, me voy dando cuenta de cuánto de otros escritores que he leído y admirado hay en algunos de ellos, y de cómo ciertas historias eran sólo excusas para desarrollar determinadas técnicas en boga. "El má guapo se dobla" y "Una de esas noches", son cuentos que, independientemente de su valor, si es que tienen alguno, son una muestra de lo dicho. En el primero, exploro el lenguaje coloquial y su trama, inevitablemente, rememora por lo menos un cuento de Benedetti sobre un jugador de fútbol y otro de Cortázar sobre un boxeador. El segundo es un ligarse al movimiento real maravilloso de Carpentier, García Márquez y el mismo Cortázar. Por suerte para ustedes, deseché uno donde trataba de reproducir el lenguaje cinematográfico que puso en boga el argentino Puig, el de "El beso de la mujer araña". Sin embargo, el más fantástico de todos mis cuentos es el que menos lo aparenta, puesto que no lo es en su trama. Lo es de una manera un poco más personal. "Sólo tu olor" narra la relación amorosa de unos adolescentes que se pasan la vida ocultándose su amor, hasta que una noche, él se arma de valor y se decide a entrar por la ventana de la chica y bueno, el resto está en la historia, que no es demasiado pretenciosa. Los personajes son reales. Carmen Paulino fue mi "asfixie" de adolescencia pero la historia no sucedió como la cuento. Nunca me hizo caso y sólo salía o bailaba conmigo porque parece que con ello provocaba los celos de Raúl, también personaje muy secundario de esta historia, y era por quien ella se derretía realmente. Además, uno de mis buenos amigos de esos años. Raúl García murió hace poco, ojalá y sus restos descansen en paz. Visto desde esta distancia, su aversión por mí tenía fundamentos, como también lo tenía mi asfixie. Lo menos que le hice fue llevarle una serenata, tocando en saxofón la única pieza que me había aprendido: *Love is Blue.* Aprendido es mucho decir, tenía que tocarla con partitura. Quizás ella me hubiera perdonado el atrevimiento, si no fuera porque el foquito con que alumbraba mi amigo Julio Cacú, su primo, la partitura, se apagó, y yo terminé tocando un jaleo de merengue a las dos de la mañana, en su ventana. Dígame usted: el odio era mortal y justificado. Lo contado es otra cosa, la historia que armé, me favorece. A veces, la ficción logra sanar nuestras viejas heridas y revertir nuestros fracasos.

Otros cuentos cuentan historias muy personales y desgarrantes ("Volver a juntarse", "Caracolitos", "Banco de otoño"), que, aunque no coincidan exactamente con los detalles de la trama, todavía duelen mucho, o bien se hacen demasiado actuales como para entrar en sus interioridades. Prueban, eso sí, que en el trance del sufrimiento somos más creativos, o eso es lo que, por lo regular, se dice. Digamos que sí y digamos que no, o que todo es relativo, puesto que "Musiquito", la más actual de mis historias (de las contadas en este libro), no responde a ningún trance. Es un cuento totalmente inventado (aunque eso no existe, siempre hay un pedazo de alguien por algún lado: en los personajes, en las locaciones, en detalles de comportamientos...) y uno de los pocos con un final feliz. A mí me gusta mucho, pero desgraciadamente, no tengo anécdotas que contarles sobre su trama.

"Café en el baño" es una suerte de saga de "Demasiado tarde". Cuando lo escribí, le puse el título "Dos en uno". No creo que tengan ustedes ninguna dificultad para entender el cambio de nombre. Compadre, es un cuento, no un  aceite para suavizar. Cronológicamente, fue mi segundo cuento escrito. Tiene vida propia (y una increíble actualidad), no hay dudas, pero se nota mucho la dependencia del otro. No recuerdo si el personaje respondía a algún modelo conocido. De cualquier manera, no me hubiera sido difícil entonces, como tampoco lo es ahora, encontrar a alguien que hubiera abdicado de sus compromisos y creencias. La Banda Colorá se nutrió de estos personajes.

Lo único que recuerdo sobre "había un sofá y se vendió…" es que fue una historia inspirada en una película que había visto cuando muchacho, sobre una bellísima ciega (Audry Hepburn, creo), que se las ingeniaba para zafarse del terrorífico complot de los malosos de la cinta. No sé en qué lugar perdió la semejanza, si es que alguna vez la tuvo, pero esta historia no tiene nada que ver con la cinematográfica. Por suerte. En su anterior versión publicada, este cuento llevaba el nombre de su protagonista: Leonor.

III


Aprovecho para dar gracias, siempre hay que dar gracias:

A Eduardo, por su amistad y por haber limpiado estas historias de los muchos vicios gramaticales y ortográficos en los que siempre incurro.

A mi hermano José, el Editor, con cuya solidaridad siempre cuento.

Al resto de los(as) hermanos(as), para que no se pongan celosos(as), de quienes también es bien común recibir apoyo y cariño.

A mis padres, por lo obvio y lo constante.

A mis hijos e hija, eterna fuente de inspiración y felicidad.

A Víctor, por su arte y amistad.

A Carlos Goico, por sus increíbles

Luego de tantos años de haberlos escrito y por lo indeciso que uno se vuelve al pasar del tiempo, quise recabar esas opiniones, como si con ellas recobrara algo de mi seguridad. Son reacciones de amigos y amigas, muy tendenciadas afectivamente. Así me valen, así les paso algunos fragmentos, esperando no ser indiscreto:

"Coño, Chero. Podría hacérsele un final distinto, y dos, y muchos otros, pero a mí, particularmente, me encanta esta versión de Romeo y Julieta en Los Patos, o en Rincón".

Eduar

(Eduardo Díaz Guerra. Comentario sobre el final de "Volver a juntarse").

"Me gusta. Pienso que algunas cositas sobran, pero se deja leer y, sobre todo, le deja como un hueco entre el vientre y la caja del pecho a uno…".

rrs

(René Rodríguez Soriano, sobre el cuento "Musiquito).

"…La verdad que deberías escribir, esto que me has enviado está muyyyy bueno!!!!…"

(Marcela desde Argentina. Sus comentarios los emite sobre el cuento "Musiquito".)

"…es una historia apasionante que tú, mi dilecto César Namnúm, has sabido atrapar en zig-zag, así como al desgaire, con evidente malicia narrativa… Tienes pericia para narrar, para conducir un discurso narrativo y me agradó mucho ver presente en tu cuento la oralidad en una dimensión acertada, contundente, precisa, justo en el momento adecuado, para darle así verosimilitud y cercana inmediatez a lo narrado…"

(Comentarios del metapoeta sanjuanero Orlando Alcántara.)

"Mi amiga piensa que usted conoce muy bien el oficio de escribir y que lo hace con mucha experiencia y espontaneidad. Con historias muy costumbristas y reales. Que su estilo de escribir es sencillo y casi transparente en el que se

transmite mucho de lo que puede ser su carácter
y personalidad.
En fin, dice que usted es bueno escribiendo…”
(Paula Soriano, refiriéndose a las opiniones de su
amiga chilena Libia, escritora, ambas residentes
en Miami.)


“…No sé si has pensado en ello, pero creo que
sin proponértelo has escrito una interesantísima
historia para el cine…”.

Enrique Feliz


Aquí tengo tu cuento. Qué bueno que estás en
ese mundo literario. Uno no puede pasar en vano
por la tierra, no.

(De Rafael Mieses, New York).

“…me gustó el cuento. Me parece bien escrito,
muy natural, nada rebuscado. Te da la impresión
de que uno de estos viejos de antes te cuenta una
historia y tú estás sentando allí, a la expectativa,
esperando a que llegue el final…”.

(Provy Meyer, desde Suiza).

“…some parts are primal, a bit violent… the base nature of the man comes out.
This is what I can tell you.
Your stories are like your music.
They always stay within the circle of your immediate culture… it caught my interest and wanted to finish it in one reading…”.

(Imma Rachiele, Toronto, Canada).


cn, marzo 2003

# colofón